UN PIANO
DANS L'HERBE

DU MÊME AUTEUR
CHEZ POCKET

AIMEZ-VOUS BRAHMS...
... ET TOUTE MA SYMPATHIE
BONJOUR TRISTESSE
LA CHAMADE
LE CHIEN COUCHANT
DANS UN MOIS, DANS UN AN
LES FAUX-FUYANTS
LE GARDE DU CŒUR
LA LAISSE
LE LIT DÉFAIT
LES MERVEILLEUX NUAGES
MUSIQUES DE SCÈNES
RÉPLIQUES
SARAH BERNHARDT
UN CERTAIN SOURIRE
UN ORAGE IMMOBILE
UN PIANO DANS L'HERBE
LES VIOLONS PARFOIS
BONJOUR TRISTESSE
UN CHAGRIN DE PASSAGE

FRANÇOISE SAGAN

UN PIANO DANS L'HERBE

COMÉDIE

FLAMMARION

La loi du 11 mars 1957 n'autorisant aux termes des alinéas 2 et 3 de l'article 41, d'une part, que les *copies ou reproductions strictement réservées à l'usage privé du copiste et non destinées à une utilisation collective*, et, d'autre part, que les analyses et les courtes citations dans un but d'exemple ou d'illustration, *toute représentation ou reproduction intégrale ou partielle, faite sans le consentement de l'auteur ou de ses ayants droit ou ayants cause*, est illicite (alinéa 1er de l'article 40). Cette représentation ou reproduction, par quelque procédé que ce soit, constituerait donc une contrefaçon sanctionnée par les articles 425 et suivants du Code pénal.

© Flammarion, 1970.

ISBN 2-266-05629-8

PERSONNAGES

MAUD : 44 ans, richissime, belle.

LOUIS : 46 ans, alcoolique, du charme, mais ravagé.

HENRI : 44 ans, homme à femmes, portant beau.

ISABELLE : sa femme, très jeune, belle, une oie.

EDMOND : 45 ans, petit gros, professeur solennel.

ALINE : sa femme, aspect sévère.

SYLVIANE : 44 ans, dame de compagnie de Maud, physique correspondant.

JEAN-LOUP : 45 ans, homme d'affaires, ex-grand amour de Maud.

ACTE I

SCÈNE I

*Maud, Louis, Henri et Isabelle sur une pelouse.
Edmond en noir comme un clergyman.
Ils pique-niquent.
Sylviane est assise sur un pliant.*

MAUD, *très gaie*

Cet endroit est exquis, non ? Et ces sardines étaient délicieuses. Sylviane, du haut de ce perchoir ridicule, tu ne nous enverrais pas les œufs durs ?

SYLVIANE

Je vous rappelle ma sciatique, Maud, cause de ce pliant.

(*Elle plonge dans un sac à œufs durs.*)

MAUD

Ta sciatique... c'est la famille des " iques " ici. Louis est alcoolique, Edmond hépatique, Sylviane a une sciatique, et toi Henri... qu'est-ce que tu as, Henri ?

LOUIS

Henri est sympathique. C'est une maladie grave. Et toi, tu es dynamique, c'est une maladie grave aussi, pour les autres.

MAUD

Mais enfin, vous ne vous trouvez pas bien ?

LOUIS

Mais si, ma chérie, c'est ravissant. Edmond est très bien, en noir, sur tout ce vert.

(*Maud, Henri, Isabelle et Sylviane rient.*)

Si Sylviane était nue, ça me rappellerait irrésistiblement " Le déjeuner sur l'herbe " de Manet.

(*Maud et Henri éclatent de rire.*)

SYLVIANE, *furieuse*

Je vous prie d'être poli, Louis.

LOUIS

On ne peut l'être plus.

EDMOND

Quant à moi, je ne connais rien à la peinture, Dieu merci, et vos allusions équivoques me laissent froid, Louis.

LOUIS

Ça ne m'étonne pas. Cette prairie est gelée. Si je n'avais pas ma fidèle compagne (*il brandit sa bouteille*), qui m'a enlevé il y a longtemps le foie, les bronches et la tête, je m'assiérais sur les genoux de Sylviane.

SYLVIANE

Il faudrait que je vous le permette.

LOUIS

Vous n'avez jamais vu un soudard ivre à l'assaut d'un pliant, ça se voit. J'aurais vite fait de vous culbuter, pardieu...

(*Il se lève.*)

MAUD

Louis, arrête, veux-tu ? Et cesse de boire, je t'en prie !

HENRI

C'est vrai, mon cher Louis, il n'est que midi et demi.

LOUIS

Et alors ? J'ai soif. Je n'ai pas à faire le brillant quadragénaire, moi, dans un lit, le soir, je peux boire dès l'aube jusqu'au coucher du soleil. Je vis seul.

MAUD

(*A Isabelle.*) Voulez-vous un œuf dur, mon chou ?

ISABELLE, *grognon*

Non, merci.

MAUD

Vous n'aimez pas les œufs durs ?

ISABELLE

J'en ai mangé pendant vingt-deux ans, avant Henri. J'en ai assez des œufs durs.

MAUD, *mondaine*

Et pourquoi ne mangiez-vous que des œufs durs ? Ce n'est pas trop bourratif ?

ISABELLE

J'étais mannequin. Je n'allais pas me taper des choucroutes, si ?

MAUD

Ne soyez pas vulgaire, mon chou. Une femme du monde, à l'heure actuelle, peut dire qu'elle s'est tapé Arthur ou Roberto, jamais une choucroute, ni aucun plat, même régional.

LOUIS

Tenez, Edmond, ne bougez pas une seconde, merci. Clic. (*Il lui casse son œuf sur la tête.*)

EDMOND, *furieux*

Qu'est-ce qui vous prend ? Êtes-vous fou ? Quelles sont ces plaisanteries idiotes ?

LOUIS

J'avais sûrement fait la même chose, il y a vingt-cinq ans. Et vous aviez sûrement glapi de même comme un coyote.

EDMOND, *se levant*

J'en ai assez ! Je ne vais pas rester ici... J'ai un poste à la Sorbonne, moi, des responsabilités... Je ne vais pas rester ici pour me faire chahuter par Louis...

LOUIS

Ça vous changera de vos élèves.

EDMOND, *indigné*

Mes élèves ne me chahutent pas, Monsieur.

LOUIS

Ah non ? Vous devriez envoyer votre recette à vos collègues, mon vieux, ce serait gentil en ce moment.

EDMOND

Vous ne respectez rien. Je partirai demain.

TOUS

Oh !

HENRI

Tiens, vous êtes tout pâle, mon bon, est-ce le choc ?

EDMOND

Non, je crois que ce sont ces sardines qui... que... Excusez-moi, je vais marcher un peu.

(Il sort.)

LOUIS

Pauvre Edmond... Des sardines et des œufs, sur cette herbe mouillée, c'est dur pour son foie.

MAUD

Tu as été trop loin, Louis. Il est capable de partir pour de bon.

HENRI

Eh bien, c'est gai. Si on n'a pas notre tête de Turc, qu'est-ce qu'on va faire ?

ISABELLE

Il n'y a qu'à aller à Saint-Tropez ?

MAUD

Non, mon petit, on ne va pas à Saint-Tropez. Pas tout de suite. On reste un peu à la campagne, tous ensemble On va bien s'amuser.

ISABELLE

Vous croyez ?

LOUIS

Puisqu'on vous le dit. Est-ce qu'on a des têtes de menteurs ? De mythomanes ? De fous ?

ISABELLE, *terrifiée*

Mais non, mais non...

LOUIS

Vous nous trouveriez un peu âgés, pour passer vos vacances ?

HENRI

Louis... Laisse ma femme tranquille.

ISABELLE

(*A Henri.*) Alors, on ne va pas à Saint-Tropez ?

MAUD, *furieuse*

Ah non, ah ce n'est pas vrai ! Henri, elle ne sait rien dire d'autre ? " On va à Saint-Tropez ? " C'est affligeant, mon petit. Soyez gentille, apprenez une autre phrase pour ce mois-ci, même par cœur, mais une autre.

ISABELLE, *terrifiée*

Oui, Madame.

MAUD

Oui, *Maud*.

ISABELLE

Oui, Maud.

MAUD

Revenons à nos moutons. Comment garder Edmond ? Il ne boit pas, il ne fume pas, il... J'ai une idée !

(*Regard de Louis et Henri entre eux.*)

Personne n'a jamais dit à Edmond qu'il était séduisant, ni troublant, non ?

HENRI, *riant*

Sans être joueur, je parierais ma chemise que non.

ISABELLE, *ferme*

Moi aussi. J'en mettrais même ma main au feu. Avec la démarche qu'il a et cet air sournois, ce costume de croque-mort, sa cravate rayée et sa calvitie...

MAUD

Mon petit, je vous ai dit de trouver une autre phrase, pas de parler tout le temps. Tiens, d'ailleurs... Si vous, jolie comme vous l'êtes, et jeune et tout, vous faisiez quelques frais à Edmond.

ISABELLE

Moi... Ah non, jamais. Henri, si tu m'obliges à ça, je te le jure, je pars pour Saint-Tropez.

HENRI

Ne t'inquiète pas, mon chéri. C'est hors de question. Jamais je ne le permettrai.

MAUD

Tu as pris un genre, toi... enfin. Bon. Donc il reste Sylviane.

SYLVIANE, *en se levant*

Comment, moi ? Mais enfin, Maud, vous n'y pensez pas ? Edmond ne m'a jamais regardée de sa vie, il ne va pas commencer aujourd'hui après vingt ans !

MAUD

Tu-tut. Edmond est à un âge où l'on regarde toutes les femmes. C'est une mission que je te confie. Et vous, les garçons, je vous serai reconnaissante de ne pas ricaner sans arrêt pendant cette mission qui sera dure pour notre pauvre Sylviane.

LOUIS

Ça va être dur pour tout le monde.

HENRI

Moi qui ai le fou rire facile.

MAUD, *impérative*

Allez, va, Sylviane ! Et ramène-le.

(*Sylviane s'en va dans la direction où est parti Edmond.*)

ISABELLE

Eh bien, ça alors ! Il faudrait me payer rudement cher.

(*Un silence.*)

LOUIS, *la regardant partir*

Ah ! Sylviane ! Chère Œnone, va ! Elle t'obéit au doigt et à l'œil ! Toujours prête à te suivre partout, les yeux écarquillés et la bouche pincée, comme dans le bon vieux temps ?

MAUD

Elle n'a rien fait d'autre depuis vingt ans, tu sais. La pauvre petite, elle en a vu avec moi ! Le tour du monde dix fois... Rien ne vaut la Touraine, voulez-vous que je vous dise...

LOUIS

Et c'est pour ça que tu nous y a invités ? Vingt ans après, comme dans Alexandre Dumas ?

MAUD

Pour ça et aussi pour autre chose.

LOUIS

Quoi donc ?

MAUD

Figure-toi que pour une fois, je me trouve seule.

LOUIS

Seule ?

MAUD

Fraîchement divorcée. Et mon fils a refusé de me suivre ici. Or, justement, vous n'ignorez pas que la mode est à la jeunesse ? La jeunesse fait ceci, la jeunesse pense cela. La jeunesse a besoin d'autre chose.

HENRI

Il faudrait être aveugle ou sourd pour l'ignorer, ma chérie.

MAUD

Il semble donc qu'être né entre 45 et 50 soit le comble de l'élégance. Il semble aussi que ce n'est pas notre cas. Remarquez, j'ai lutté. Les mini-jupes, le L.S.D., la révolte, j'ai tout essayé. En vain. On me riait au nez. Enfin quand je dis " on ", je parle toujours de mon fils. Il va avoir seize ans à présent.

HENRI

Dix-neuf !

MAUD

Pardon ?

HENRI, *riant*

La dernière fois que je t'ai rencontrée, à New York, il en avait dix-sept. Et il y a deux ans.

MAUD

Ce que tu es tâtillon. Bien, disons dix-sept. Il m'a donc expliqué que sa jeunesse n'était pas la mienne pour des raisons économiques, morales et socio...

LOUIS

logiques.

MAUD

C'est cela, bref pour des raisons que je vous passe, il refuse de partager sa jeunesse avec moi. Par exemple, il n'a jamais voulu que j'aille brûler des voitures avec lui et ses amis. Il prétendait que je les dérangerais, que je ne courrais pas assez vite après... Dieu sait quoi !

HENRI

Si ça tombe, c'est lui qui a brûlé la mienne... Rue Gay-Lussac... Une Porsche blanche...

MAUD

Je n'en sais rien. Je suis navrée, Henri, mais je n'en sais rien.

HENRI

Ne sois pas navrée, surtout, c'est Isabelle qui avait voulu l'acheter. J'avais une peur bleue dans cette voiture, à deux cents à l'heure, je devais faire le faraud, c'était horrible. Quand je l'ai vue là, calcinée et sans assurance, j'étais si soulagé... J'ai repris ma vieille 404, quel bonheur !

ISABELLE

Quel bonheur, oui ! On se traîne et puis on aura bonne mine sur le Port !

MAUD

Nous nous égarons. Donc, je me suis dit : je me sens jeune, j'ai envie d'être jeune, il faut être jeune, avec qui l'être sinon avec les gens qui étaient jeunes avec moi ? Et qui a partagé ma jeunesse ? Vous !

LOUIS

Ma chérie !

MAUD

Vous rappelez-vous ce merveilleux été en 50 ici même ? Nous étions tous là, plus Jean-Loup. Eh bien, nous sommes en train de le revivre. Il y a exactement vingt ans, le 1er juillet 1950, nous étions en train de pique-niquer dans cette prairie.

LOUIS

Tu ne crains pas que nous manquions un peu de l'entrain nécessaire ?

MAUD

Nécessaire à quoi ?

LOUIS

Disons même à établir un programme des réjouissances.

MAUD

Non. Car j'ai retrouvé ceci dans le grenier, avant-hier.

HENRI

Et c'est quoi ?

(*Elle sort triomphalement un carnet rouge de son cabas.*)

LOUIS

Qu'est-ce que c'est ?

MAUD

C'est mon journal de l'époque. Tout y est consigné, jour par jour, entre le 1ᵉʳ et le 31 juillet 50. Tout. Mes enfants chéris, je vous invite à ravoir vingt ans. Ici, pendant tout un mois. Nous suivrons ce journal pas à pas et nous serons heureux, comme nous l'étions.

LOUIS

Laisse-moi réfléchir... mais en 1950, je n'étais pas heureux du tout. J'étais amoureux fou de Solange Bergen, je ne pensais qu'à elle...

MAUD

Bon, eh bien, tu ne l'es plus, si, amoureux ?

LOUIS

Ah non, merci. Tu ne l'as pas vue !

MAUD

Donc tu seras plus heureux qu'en 50. Comme en plus c'est cette année-là que tu t'es mis à boire...

LOUIS

Évidemment.

HENRI

Et moi, qu'est-ce que je faisais en 50 ?

MAUD

Je vous dirai tout au fur et à mesure. Tous les soirs, lecture du journal, et le lendemain exécution. Ça ne vous paraît pas gai ?

HENRI

Oui, peut-être. Dommage que Jean-Loup ne soit pas avec nous. La jeunesse, sans son poète.

MAUD

Jean-Loup est resté introuvable. Il est parti pour le Brésil il y a vingt ans. On ne l'a jamais revu.

HENRI

C'est vrai, et c'est bien dommage !

MAUD

L'ennuyeux, c'est ta femme, Henri... Que vas-tu en faire ? Pourquoi ne l'envoies-tu pas dans le Midi, un peu...

HENRI

Ah non. Non et non. Elle jouera avec nous, s'il le faut, mais je ne la laisserai pas seule. N'y compte pas.

ISABELLE, *amère*

Ça non, il ne faut pas y compter.

MAUD

Bon, on la laissera jouer un peu. Vous êtes d'accord ?

LOUIS

Mais bien sûr ! Je suis amoureux de Solange et je bois pour l'oublier, c'est ça ? Parfait.

HENRI

Ça me paraît une assez bonne idée, après tout. Il faudra en parler à Edmond. Vous ne trouvez pas qu'il tarde à revenir ?

MAUD

Sylviane doit s'en occuper ! (*Elle s'étire, respire longuement.*) Ah ! Ce parfum !...

LOUIS

Oui. L'acide et délicieux parfum de la jeunesse... Tu crois le retrouver si facilement...

MAUD

Peut-être. Je n'ai pas le nez dans une bouteille de scotch, moi.

LOUIS

Moi non plus, pour le moment. Je te signale d'ailleurs que tous ces flots ruisselants et ambrés dont j'ai entouré ma vie étaient destinés à me préserver de vous, les adultes. Si je me retrouve à quarante-cinq ans fichu, ruiné et alcoolique, c'est que j'ai protégé ma fraîcheur de cœur pied à pied, verre à verre, pour ne pas entendre vos combinaisons d'argent et de vanité. Voilà tout.

MAUD

Le résultat n'est pas extraordinaire.

LOUIS

Non. Mais le tien ? Qu'est-ce que tu as de plus ?

MAUD

De l'argent, précisément. Et une santé de fer. Et envie de m'amuser.

HENRI

Il faut avouer que ce n'est pas si mal.

LOUIS

Ah oui ! Et toi ? Moi je me cachais dans les bouteilles, toi dans le sein des femmes. Qu'as-tu de plus que moi ?

HENRI

Des souvenirs. Et une jeune femme, trop jeune et qui me fait battre le cœur. (*Il enlace Isabelle.*)

MAUD

Mais oui... regarde Henri comme il est bel homme... Et toi-même, si tu te tenais un peu plus droit, et que tu boives moins...

LOUIS

Pitié, pitié... non ma chère. Pour qui ? J'ai renoncé. Je ne fais presque plus l'amour et quand je le fais, c'est dans le noir, avec quelqu'un que je paye et que je ne revois pas.

HENRI

C'est lugubre, c'est parfaitement lugubre.

LOUIS

Tu as toujours eu un tempérament que je n'ai pas, mon cher.

HENRI

Arrête de parler de moi comme d'un étalon, d'un gigolo ou d'un homme à femmes, je t'en prie. J'en ai assez.

LOUIS

Qu'est-ce que tu as fait d'autre ?

HENRI

J'ai été amoureux aussi.

(*Louis éclate de rire.*)

Eh oui, et même de Maud, cet été-là, si tu veux tout savoir.

ISABELLE, *sidérée*

Non, sans blague ?

MAUD

Soyez polie, vous !

HENRI

Et je souffrais le martyre à cause de Jean-Loup !

MAUD

Mon pauvre chéri... je le savais, tu sais... Je l'avais même écrit dans mon cahier, le 2 juillet. (*Elle lit.*) " Je crains de faire souffrir Henri, j'en souffre moi-même, mais je n'y peux rien. " Textuel.

LOUIS

Textuel ? C'est très émouvant. Mais qu'est-ce que tu n'as pas écrit dans ce cahier, à la fin ?

MAUD

Tout. Comme tu courais à vélo à la poste téléphoner à ta Solange des heures, comme tu t'arrêtais toujours au café en bas de la côte pour boire des Ricards pour te remonter le moral, comment toi, si paresseux, tu étais debout à neuf heures à cause du facteur. Tout, te dis-je.

LOUIS, *criant*

Je vais prendre ce cahier et le flanquer au feu. Oui, au feu. On n'a pas le droit...

MAUD, *douce*

De quoi ?

LOUIS

De réveiller certaines choses.

(*Entre Sylviane.*)

HENRI

Tiens, voilà Sylviane !

MAUD

(*A Sylviane.*) Alors ?

SYLVIANE

Rien à faire !

(*Entre Edmond.*)

MAUD

Edmond... Mon Dieu, mais vous êtes vert pomme.

EDMOND

J'ai été légèrement indisposé, ma chère Maud. Mon médecin m'avait ordonné un régime très strict et ces écarts...

MAUD

Ces écarts... ! Une malheureuse sardine... ! Tu vas être malade, toi aussi, Louis, à boire comme ça... Ah ! si Jean-Loup était là...

HENRI

Oui, mais Jean-Loup n'est pas là.

(*Un silence.*)

MAUD

Il n'y a pas un thermos quelque part avec du café ? Edmond, pourquoi ne mangez-vous pas un œuf dur, maintenant, ça vous calerait. Ils sont tout frais...

(*Edmond fait un geste d'horreur et repart en trébuchant.*)

MAUD

Sylviane !

SYLVIANE

Je ne me vois pas la moindre chance ! Faire du charme à un homme malade derrière un buisson. Enfin si vous y tenez !

(*Elle ressort.*)

MAUD

Edmond, pauvre chou... Je lui prendrai du jambon, la prochaine fois, pour la baignade.

HENRI

La baignade, quelle baignade ?

MAUD

Dans la Loire. Tu ne te rappelles pas cette petite plage où on allait toujours ?

HENRI

Mon Dieu !

LOUIS

Tu veux dire que tu veux mettre notre joyeuse troupe blanchâtre en maillot de bain et la tremper dans la Loire ?

MAUD

Et pourquoi pas ? Tu sais que l'eau froide est très bonne pour la circulation, pour la peau, pour tout ? Moi-même, je me suis baignée en Floride, il y a deux mois, et ça m'a fait un bien fou !

HENRI

C'est du sadisme, du sadisme. Vouloir immerger dans de l'eau glacée Sylviane et sa sciatique, Edmond et son pauvre gros foie, moi qui ai horreur de l'eau, et Louis avec sa bouteille...

LOUIS

Effectivement je n'irai qu'ivre-mort, ça c'est sûr !

MAUD

Si vous avez honte de vous, on trouvera un coin désert. Évidemment, vous n'êtes pas très bronzés.

ISABELLE

Naturellement on n'est pas bronzés, on ne bronze qu'à la mer !

HENRI

On sait.

LOUIS

Bronzés ou pas, à mon avis, les gamins nous lanceront des pierres, c'est sûr !

SYLVIANE, *rentrant*

Maud !... Mission accomplie.

(*Rentre Edmond.*)

LOUIS

Edmond, mais vous êtes tout rouge cette fois-ci ! Un vrai caméléon ! Nous parlions de baignade dans la Loire... Ça vous dit ?

EDMOND

Pardon ? Ah non, Maud, non... D'abord je n'ai pas de maillot de bain...

MAUD

Je vous en achèterai un, rayé.

EDMOND

Je n'ai pas cultivé ma brasse depuis dix ans. Je me noierai... Ciel, qu'est-ce que c'est ?

(*Il se lève d'un bond et se tortille.*)

... Des fourmis, des fourmis, des centaines de fourmis...

MAUD

Oh, une fourmilière !

ISABELLE

Tu as vu, Henri, il y en a des flopées !

MAUD

Elles vont rarement par deux, mon chou !

HENRI

On se croirait à Saint-Tropez !

MAUD

Louis, arrose-les avec ta bouteille, ça les calmera.

LOUIS

Quel gâchis ! Du whisky aux fourmis !

EDMOND

Tudieu ! les sales bêtes, les monstres.

LOUIS

Quel est ce strip-tease, Edmond ? Vous voilà en bras de chemise. Je sais bien que nous sommes à la campagne, mais enfin il y a des dames !

EDMOND

Oui, je sais bien, mais il y a aussi des fourmis. Je suis dévoré.

LOUIS

Mais c'est délicieux, les fourmis. Tout le monde le sait; il y a des fourmis dans les jambes, des fourmis sous la peau, il y a des fourmis dans la tête, des fourmis partout.

(*Edmond, en effet, est en chemise, follement agité.*)

EDMOND

J'en ai assez, je suis à bout... Malade comme un chien, et puis, et puis... et après m'asseoir pile dessus, ça ! Ah non... ah non...

MAUD

Rassurez-vous. J'ai une surprise pour vous.

HENRI, *accablé*

Une surprise de plus ? Ciel ! passe-moi ta bouteille, Louis.

MAUD

Montre-leur, Sylviane.

(*De dessous son pliant, Sylviane sort un vieux phono, qu'on remonte à la main. Maud y pose triomphalement un 78 tours. La musique s'élève. Tout le monde se regarde.*)

MAUD, *gaie*

Alors, personne ne veut danser ?

(*Un silence. Ils la regardent tous, comme fascinés.*)

Mais enfin, qu'est-ce que vous avez ?

HENRI

C'est l'air de Jean-Loup, tu ne te rappelles pas ? Il le chantait tout le temps, il avait inventé des paroles pour chacun de nous. Il le jouait à la guitare. Et même au piano, le jour où on avait dansé dehors. Ah ! ce qu'il était beau, ce piano dans l'herbe !

MAUD

Et alors ?

HENRI, *sec*

Alors ça me fait de la peine de l'entendre.

SYLVIANE

Moi aussi.

EDMOND

Et moi aussi.

MAUD

(*A Louis.*) Et toi aussi, bien sûr ?

LOUIS

Mais pas du tout, ma chère, dansons. Si tu me tiens bien par la taille, je risque de ne pas tomber.

(*Ils dansent doucement, sous le regard des autres.*)

MAUD

Bon ! Puisque ce disque vous donne le cafard, j'ai compris, je vais le changer.

(*Maud va changer le disque.*)

J'espère que celui-ci vous rendra plus gais. C'est un jitterburg !

(*Elle tournicote, enchantée.*)

Alors qui danse ?

LOUIS

Nous.

MAUD

Mais qu'est-ce que vous avez, à la fin ?

LOUIS

Edmond a une crise de foie. Sylviane a une sciatique. Henri est nostalgique. Isabelle danse le jerk. Et moi je suis saoul. Et on n'a plus vingt ans. Personne. Sauf toi.

MAUD

Il est vrai que vous n'êtes pas très brillants. Mais tout le monde est libre ici. Si l'un de vous s'ennuie ou n'aime pas mon idée de vacances, il n'a qu'à partir, je ne me vexerai pas.

ISABELLE

(*A Henri.*) On pourrait... ?

HENRI

Oui ! aller à Saint-Tropez !... Tes coquins y sont déjà ?

(*Silence.*)

MAUD

Edmond, si vous pensez que c'est le climat qui vous réussit mal...

EDMOND

Mais pas du tout, pas du tout... j'adore cet endroit, vous savez bien, Maud, je serai guéri demain, tout de suite même, je me sens mieux.

(*Sourire à Sylviane.*)

MAUD

Et toi, Louis ? Aucun bar ne t'attend à Paris ?

LOUIS

Aucun où j'aie du crédit, ma chère. Je reste.

MAUD

Et toi, Sylviane, je ne te demande rien. Bon. Edmond danse avec Sylviane, toi Henri avec moi, les autres ensemble. Allez, allez ! de l'entrain !

(*Ils se mettent tous à danser, les uns après les autres.*)

NOIR

SCÈNE II

Grand salon de la maison de Maud, en Touraine.
Au loin, des pelouses.
En scène Sylviane,
qui arrange des fleurs ou attrape les mouches au vol.
Elle met le disque de Jean-Loup très bas
et chantonne.
Louis apparaît dans la porte,
la regarde, sourit.

LOUIS

Alors, on rêve ?

SYLVIANE

Ah ! vous m'avez fait peur... Je vous croyais parti en roadster avec les autres.

LOUIS

Non, j'y ai échappé. Ouf. Comment allez-vous ? Après plus de vingt ans d'esclavage ?

SYLVIANE

Très bien.

LOUIS

La vie facile, pas d'ennuis d'argent, les voyages, de temps en temps les amants de Maud, c'est ça ?

SYLVIANE

Exactement.

LOUIS

Et jamais eu envie d'autre chose ?

SYLVIANE

Par exemple ?

LOUIS

Par exemple quelque chose ou quelqu'un " à vous ".

SYLVIANE, *ahurie*

A moi ?

LOUIS

C'est bien le terme, n'est-ce pas ? Quelqu'un à *vous*, qui n'aime que vous, qui vous aime, vous !

SYLVIANE

Je n'en ai jamais eu les moyens, mon cher Louis. Quand je me suis mise à la remorque de Maud, j'avais dix-huit ans et pas un franc...

LOUIS

Et maintenant vous avez vingt ans de plus et quelques sérieuses économies, c'est ça ?

SYLVIANE

C'est ça.

LOUIS

Et ça vous plaît.

SYLVIANE

Parfaitement.

LOUIS, *il rit*

Décidément, Maud est un bébé à côté de vous. Et vous n'avez jamais aimé personne ?

SYLVIANE

Si, vous. En 1950. Quand vous passiez votre temps à la poste.

(*Un temps.*)

LOUIS

Vous me l'aviez effectivement prouvé et souvent. Mais vous passiez aussi votre temps dans le foin avec Henri, non ?

SYLVIANE

Eh oui, et alors ? Je suis une bête de nuit, je suis dans l'ombre, mon cher ami, mais cela m'offre tous les soleils, y compris ceux du plaisir, les plus faciles, et cela depuis que je suis née.

LOUIS

Vraiment ?

SYLVIANE

Vraiment. Vous, les beaux, les bons, les doués, vous choisissez, n'est-ce pas ? Il vous faut aimer ceux à qui vous faites l'amour ? Moi pas. Je suis terne mais chaude.

LOUIS, *gêné*

Taisez-vous.

SYLVIANE

Et pourquoi ? Vous ne pouvez pas savoir. Les amants de Maud, après... Et même ce portier hideux à New York...

quel plaisir... Et même ce pauvre Edmond, à présent...
Vous qui vouliez être " heureux ", ce mot grotesque,
vous voilà impuissant, non, ou presque, à force d'exigences... Moi, non. Je ne demande rien d'autre que cela.
N'importe qui. Quel repos !

LOUIS

Vous êtes nymphomane, ma chère.

SYLVIANE

Je souhaite l'être. A Maud aussi. Elle qui voulait tout
rafler, elle est passée à côté de tout. Elle rêvait de Jean-Loup, elle détestait les choses crues, Maud. Comment
peut-on opposer à un homme vivant, près de vous, quoi
que ce soit ? Même un souvenir ?

LOUIS

Sincèrement, Sylviane, vous me faites peur.

SYLVIANE

Je me fais peur à moi-même, et depuis quarante ans.

(Elle sort.)
(Louis reste immobile, puis va arrêter le disque.
Entre Isabelle, une revue sous le bras.)

ISABELLE

Oh ! Pardon. Je vous croyais en promenade.

LOUIS

Non. J'y ai coupé.

(*Elle s'assoit et ouvre sa revue. Un temps.*)

Ça parle de quoi, votre gazette ? De Saint-Tropez ?

ISABELLE

Non, là c'est une enquête sur la femme d'aujourd'hui.

LOUIS

Mon Dieu ! Et ça vous intéresse ?

ISABELLE

Quoi ?

LOUIS, *patient*

La femme d'aujourd'hui, ce que vous lisez.

ISABELLE

Eh bien, j'en suis une, n'est-ce pas. Alors je me renseigne sur tout. Il y a tout dans les journaux, maintenant, vous savez, il n'y a plus de tabous comme avant, on est libre.

LOUIS

Libre ? Ah oui ? Vous vivez entourée de médecins, de psychologues, de conseils. On vous dit ce qu'il faut manger, comment être équilibrée, comment faire l'amour, et vous êtes libre ?

ISABELLE

Mais ce sont des conseils, c'est pas des ordres.

LOUIS

Quelle différence ? Iriez-vous au soleil sans crème solaire ? Vous coucheriez-vous sans vous démaquiller ? Partiriez-vous à la montagne l'été, et au bord de la mer en janvier ? Ah, vous êtes libre... Vous êtes un robot, ma petite, comme tout le monde. Vous êtes téléguidée. Et Dieu sait si vos petits copains qui font les barricades m'assomment souvent, mais j'avoue qu'ils ont bien des raisons d'être exaspérés eux-mêmes. Qu'en pensez-vous ?

ISABELLE, *ahurie*

Mais de quoi ?

LOUIS

Que pensez-vous des jeunes gens de votre âge, vous savez, ceux qui font des barricades et que la vie moderne énerve ?

ISABELLE

Moi, je trouve que c'est bien joli de tout casser, mais qu'il faut savoir ce qu'on va mettre à la place.

LOUIS

Bravo. (*Il boit.*) C'est dans votre journal, ce que vous venez de dire ?

ISABELLE

Non. C'est Henri qui me l'a dit. Et Jean-Pierre aussi.

LOUIS

Jean-Pierre, ah oui, c'est un des coquins de Saint-Tropez ?

ISABELLE

Un coquin, un coquin, c'est un copain, c'est tout, mais Henri est jaloux de tout le monde. Jean-Pierre, il vient juste de démarrer dans les affaires, il a vingt-six ans, alors les étudiants, vous comprenez... il n'a pas le temps.

LOUIS

Je comprends.

ISABELLE

Et vous, qu'est-ce que vous faites dans la vie ?

LOUIS

Je bois.

ISABELLE

Mais comme métier ?

LOUIS

C'est un métier, mon chou.

(*Elle le regarde, hausse les épaules, lit.*)

Et que pensez-vous de notre petit jeu actuel ? Ici ? Cette quête de notre jeunesse... Que pensez-vous de la jeunesse ?

ISABELLE

Oh moi, vous savez, la jeunesse, ça m'est égal, j'ai vingt-deux ans.

51

LOUIS

C'est votre première bonne réplique, mon ange.

(*Silence.*)

ISABELLE

Dites-moi... Qui est ce Jean-Loup ? On en parle tout le temps, ici.

LOUIS, *il rit*

Jean-Loup, c'est l'herbe tendre, les grands sentiments, le poème récité à un autre, les scrupules, le sang qui saute aux tempes, Jean-Loup, c'est un poncif qui a eu la chance de disparaître à temps, c'est notre jeunesse. Voilà.

ISABELLE

Et tout le monde l'aimait ?

LOUIS

Eh oui. Quand il y avait du vent, il agitait les épis dans les cheveux de Jean-Loup, quand il y avait du soleil, il éclaircissait les yeux de Jean-Loup, quand il y avait un chat, il venait s'asseoir sur les genoux de Jean-Loup. Il y a des gens comme ça, vous savez.

ISABELLE

Et il est mort ?

LOUIS

Sans doute. Nous le sommes bien, tous, un peu. Et il faisait toujours tout à fond, lui.

(Silence.)

ISABELLE

Ça va pas, hein ?

LOUIS

Si, ça va.

ISABELLE, *paisible*

Je ne sais pas, je vous trouve tous un peu dingues.

LOUIS

Même Henri ?

ISABELLE

Oh, Henri, c'est le plus normal. Mais vous savez, ça ne durera pas, lui et moi. Il a quarante-quatre ans, quand même !

LOUIS

Évidemment ! Alors, vous ne l'aimez pas ?

ISABELLE

Puisque, de toute façon, c'est fichu, j'aime mieux pas trop m'y attacher.

LOUIS

Et après lui, il y a Jean-Pierre, n'est-ce pas, qui aura réussi... Vous n'êtes pas comme les étudiants, vous, quand vous cassez quelque chose, vous savez quoi mettre à la place. C'est bien, ça.

ISABELLE

On n'a qu'une vie.

LOUIS

C'est vrai. Mais le charme de votre âge, généralement, c'est de penser qu'on en a plusieurs.

(*Entrent Maud, Henri et Edmond, décoiffés et visiblement épuisés.*)

HENRI

On a crevé deux fois en un kilomètre... Cette idée aussi

de sortir la Chenard-Walker de son lit de mort... On est rentrés à pied...

MAUD

J'ai quand même bien ri... Si tu avais vu Edmond avec le cric...

EDMOND, *vexé*

Merci. Je suis plus versé en histoire qu'en mécanique, je m'en excuse, mais je n'ai jamais prétendu le contraire...

MAUD, *riant de plus belle*

Ah, tu as tout manqué, Louis, tout.

HENRI

Et tu m'as manqué à moi aussi. C'est moi qui ai tout fait. Regarde mes mains. Tout ça, pendant que Maud, au fond de la voiture, se pâmait de rire. (*Il rit aussi.*)

MAUD, *en proie au fou rire*

Et j'ai vu ainsi qu'Edmond avait un gilet de flanelle, et que les mains de Henri tremblaient comme des feuilles au vent mauvais... Ha, ha, ha, cette délicieuse promenade en décapotable entre deux jeunes gens amoureux... Ha, ha, excusez-moi, je suis rompue.

(*Elle sort en pleurant de rire.*)

HENRI

Bon. Eh bien, elle commence à se rendre compte.

LOUIS

Oui. Mais ça l'amuse. C'est presque pire à présent.

HENRI

Que veux-tu dire ?

LOUIS

Elle n'a jamais aimé se tromper.

ISABELLE

Tu sais, Henri, on serait vraiment mieux à Saint-Tropez, regarde ta veste et tes poignets, comment ils sont... Je vais m'en occuper.

LOUIS

Et bonne petite ménagère avec ça. On soigne les affaires de son homme, quoi qu'il en soit.

HENRI

Pourquoi dis-tu cela ?

LOUIS, *doux, presque tendre*

Je veux dire que bien qu'elle soit en droit de t'en vouloir, car enfin passer ses vacances avec une bande de vieux fous n'a rien de drôle pour elle, elle prend soin de toi.

HENRI

(*A Isabelle.*) Ah, c'est ça, je vois.

(*Elle sort.*)

EDMOND

Quelle saloperie, ce cric, nom de Dieu !

LOUIS

Eh bien, quel est ce langage, Edmond ? D'ailleurs, nous voudrions vous parler, Henri et moi.

EDMOND, *dans son fauteuil*

Vous avez quelque chose à me dire ?

HENRI

Oui, nous voudrions savoir si vous êtes satisfait de la vie que nous menons ici.

EDMOND, *pincé*

C'est un interrogatoire ?

LOUIS

Dites donc, l'homme au cric, répondez par oui ou par non à la question d'Henri. Êtes-vous d'accord avec le programme que nous a imposé Maud ?

EDMOND

Mais... exactement comme vous...

LOUIS

Ah non, pas comme nous. Moi je cherche à boire un mois à crédit, Henri, qui a commis la folie, sur la fin d'une brillante carrière, d'épouser une très jeune femme, cherche à lui éviter les jeunes gens roués de Saint-Tropez. Mais vous ? Hein, vous ? Bonne situation : chaire à la Sorbonne, historien reconnu... alors ?

EDMOND

Depuis les fiançailles de nos deux filles, nous avons eu quelques différends, ma femme Aline et moi. J'ai pensé qu'un peu de distance ne saurait nous nuire. Et n'ayant pas les gras traitements que l'on prête, hélas, aux érudits, la proposition si inattendue de notre chère Maud n'a pu que...

LOUIS

Bon, bon. Je fuis la fauche, Henri la concurrence et vous votre femme. Tout cela est précis, au moins. Donc, vous pouvez bénir le Ciel, Maud et ses archanges...

EDMOND

Que voulez-vous insinuer ?

LOUIS, *riant*

Mais rien !

HENRI

Dites donc, mes enfants, vous savez combien Maud a piqué, entre le type des pétroles et celui des machines à écrire ? Non ? Dites un chiffre. Cinq cents millions. Anciens, bien sûr.

LOUIS

Moi je veux bien. Tu m'aurais dit le dixième, j'aurais été ravi pour elle, aussi bien, remarque.

EDMOND

Dieux du ciel... Cinq cents millions... Qui aurait dit... il y a encore vingt ans ?...

HENRI

Que notre petite châtelaine de province se débrouillerait si bien ? Admirable, mon cher. J'eusse aimé en faire autant.

LOUIS, *intéressé*

Et non ? Les femmes ont toujours pris soin de toi, pourtant ? Tu auras été le dernier coq en pâte de notre génération, le dernier " Chéri ".

HENRI

Eh oui, mais ou elles m'aimaient et me donnaient tout, ou je les aimais et je leur donnais tout. Jamais ensemble. Idiot, n'est-ce pas ?

LOUIS

Le vrai homme à femmes. Et celle-ci ?

HENRI

Celle-ci je l'aime, hélas. Pourtant, juste avant, j'ai eu une longue et fructueuse liaison avec Daphnée Van Krook.

LOUIS

Non ? La vieille Van Krook ?

HENRI

Vieille, vieille ! Qu'est-ce que tu entends par vieille ? Elle était très élégante, Daphnée ! En tout cas, celle-ci me croque tout. Elle est en plus d'une bêtise percutante.

LOUIS

Mon pauvre Henri... J'ai toujours pensé qu'il fallait être poli avec la vie, afin qu'elle le soit avec vous, mais quelquefois on a l'envie de la prendre par le cou, comme un jeune chiot, et de lui mettre le nez dans sa saleté, en disant : " Qu'as-tu fait là ? Que m'as-tu fait là ? " Seulement, comme les chiots, elle se débat, et ne répond jamais.

EDMOND

Vous voilà bien philosophe.

LOUIS

Tous les alcooliques le sont. C'est leur péché mignon. Et maintenant, vous devriez aller vous nettoyer, Edmond, vous êtes encore plus repoussant que d'habitude.

EDMOND

Je vous défends de me parler sur ce ton.

LOUIS

Vous avez raison. Personne n'a le droit de parler sur ce ton à quelqu'un d'autre. Je vous demande pardon.

EDMOND, *ahuri*

Quoi ?

LOUIS

Je vous demande pardon.

EDMOND

Vous avez trop bu...

LOUIS, *riant*

C'est superbe.

HENRI

C'est vrai, c'est superbe. Bon, eh bien, je vais me laver les mains.

(Ils sortent tous les deux à reculons en riant. Entre Sylviane.)

SYLVIANE

J'avais cru les entendre rentrer... Ah ! vous êtes là, Edmond.

EDMOND

Oui, ma chère Sylviane. J'étais navré de vous quitter même pour peu de temps, mais Maud est si impérieuse. *(Sensuel.)* Comme vous pouvez l'être, parfois...

(Il l'enlace, Sylviane sursaute.)

SYLVIANE

Ah, je vous en prie, Edmond, lavez-vous les mains avant, vous êtes plein de cambouis... Et si on nous surprenait ? Pensez-vous à ce qu'on dirait de moi ? Un homme marié !

EDMOND

Excusez-moi. Mais j'étais si bouleversé, l'autre nuit... Si surpris aussi... Quelle expérience, Sylviane... quelle expérience !

SYLVIANE

En effet.

EDMOND

Croyez-vous qu'ils se doutent de quelque chose ? Mais ne vous inquiétez pas... s'ils découvrent tout, je dirai que c'est " moi " qui vous ai séduite.

SYLVIANE, *sèche*

Et que croyez-vous d'autre ?

EDMOND, *stupéfait*

Mais je... mais je... il me semble...

SYLVIANE

Ne soyez pas terre à terre, Edmond. Quand on a ce front, ce regard, cette allure, on ne se promène pas seul dans les bois. Ou alors, on est inconscient.

EDMOND, *ravi*

Sylviane ! Ma chère Sylviane... Laissez-moi...

(*Rentre Louis. Il se met à tousser avec une vigueur déplacée.*)

SYLVIANE

(*A Louis.*) Vous, un jour... je...

(*Elle sort, furieuse.*)

EDMOND

Avez-vous fini de m'espionner ?

LOUIS

Vous devriez vous laver les mains, Edmond, je vous l'ai déjà dit.

EDMOND

Oui, vous avez raison... je suis tout sale... le cric... le cambouis... le grand air...

LOUIS

Mais allez, mon bon, allez donc !

(*Sort Edmond.
Maud rentre aussitôt en se recoiffant, très
à l'aise.*)

MAUD

Tiens, tu es seul, quelle chance... Ah ! mon chéri, tu aurais vu ce spectacle...

LOUIS

Oui, j'aurais bien ri. Où veux-tu en venir, au fond ?

MAUD

Je vous l'ai expliqué, dès le premier jour.

LOUIS

Ne me dis pas que tu retrouves le joli temps passé dans cette suite de bouffonneries... Maud, tu m'entends ?

MAUD

Oui, je t'entends. Ce qu'il y a d'extravagant, mon cher, c'est que j'y ai cru, au début. J'ai toujours eu l'horrible facilité de croire vrai ou possible ce qui m'arrangeait. C'est même pour ça que beaucoup de gens m'ont aimée, vois-tu.

LOUIS

Et là, qu'est-ce que tu voulais croire ? Tu t'en fiches d'avoir vingt ans, qu'est-ce que ça veut dire pour toi ?

MAUD

Rien, bien sûr. Non, je voulais être avec Jean-Loup.

LOUIS, *ahuri*

Jean-Loup?

MAUD

Oui. Je savais bien qu'il avait disparu, mais je lui ai envoyé un télégramme quand même. On ne sait jamais. Et j'ai rejoué avec vous le temps où je l'aimais. Les mêmes endroits, à présent jonchés de H. L. M., et les mêmes visages, maintenant envahis de rides, rien n'avait changé. Et vous tous, oui vous tous, vous me renvoyiez l'image de Jean-Loup intacte.

LOUIS

Tu l'aimais tant que ça?

MAUD, *calme*

Tant que ça? Je n'ai jamais aimé que lui. Après ce n'était que des grimaces, des farces, des paris avec moi-même. Après lui, le cirque. L'immense cirque des hommes en train de faire la roue, l'amour, le malheur, tout ce que tu veux. Superbe, en réalité, un superbe cirque sur la terre pour une femme qui aime les hommes et en est aimée. Tu n'imagines pas le nombre de villes, de visages, de gestes, de mots d'amour qu'il y a sur cette petite planète... Tiens, je peux te dire " je t'aime " en huit langues. Ce n'est pas mal, étant donné ma mémoire défaillante. Non?

LOUIS

Et depuis, personne ? Enfin, à part tout le monde.

MAUD

Oh, ne t'y trompe pas. Il y a le plaisir et la tendresse et même l'amitié parfois.

(*Un temps.*)

Et toi, mon ange ?

LOUIS

Oh moi, tu sais...

MAUD

Si tu fais le mystérieux, je te confisque ta bouteille.

LOUIS

Douce Maud... Tu as toujours su me parler. Eh bien moi, après l'histoire de Solange, j'étais écorché vif, j'ai mis l'alcool entre la vie et moi, entre les femmes et moi, et j'ai été bien tranquille. De temps en temps un léger début de passion, une grande cuite illico et c'était fini. J'ai croqué ou plutôt bu doucement l'héritage de mon père et me voici, intact et souriant, presque vierge.

MAUD

Et ta peinture ?

LOUIS

N'en parlons pas. J'ai peint dix ans et j'avais un certain talent. Je me vendais bien, même. Malheureusement ça s'arrêtait là.

MAUD

Ce n'est pas si mal.

LOUIS

Eh si, c'est mal. Dieu sait que je suis peu exigeant pour tout ce qui touche ma vie, mais la peinture, si... Je voulais être un génie, je ne l'étais pas, good bye. Tu comprends ça ?

MAUD

Franchement non !

LOUIS

Ça ne m'étonne pas. La notion d'absolu a disparu. Et même la simple évidence qu'il faille un peu de talent pour créer quelque chose. Quelle génération ! N'importe quel imbécile chante, peint, écrit, et de plus raconte comment il fait, et pourquoi. En plus, il faut avoir des rapports sexuels, sinon on est frustré, et être heureux, sinon on est un raté. Tu te rends compte ?

MAUD

Je te trouve bien blasé. Te rappelles-tu notre nuit ensemble à Londres, c'était en... voyons...

LOUIS

En 52, oui.

MAUD

Eh bien, tu m'avais eu l'air d'un homme plutôt passionné à l'époque, pas du tout indifférent.

LOUIS

J'étais saoul, pour changer, sans doute.

MAUD

Toi aussi, tu exagères. Tiens, donne-moi un peu de ton élixir. (*Elle boit.*) Je t'aime bien, Louis.

(*Louis boit avant de parler.*)

LOUIS

Je t'aime bien, Maud. Et maintenant que vas-tu faire ? Rendre la liberté à tous ces pauvres gens ?

MAUD

Pourquoi ? Tu es fou ? Je m'amuse beaucoup, moi. Et je n'en suis pas au bout de mon journal, je peux te le dire. Il y a eu des journées extraordinaires, je te le jure. Je n'ai pas fini de rire.

LOUIS

Même sans Jean-Loup ?

MAUD

Je ne t'ai jamais parlé de Jean-Loup.

LOUIS

Ah, pardon.

(Rentrent Henri et Isabelle, puis Sylviane.)

HENRI, *gai*

Je me sens mieux. Finalement on prend l'air, c'est très gai, ces petites promenades. On va partir d'ici peut-être pas rajeunis de vingt ans, mais de dix, c'est déjà ça. Surtout Edmond. Eros lui réussit.

SYLVIANE

Chut...

(*Rentre Edmond.*)

HENRI

Qu'y a-t-il, Edmond ?

EDMOND

Je crois que je me suis donné un tour de rein, avec le cric. Maud, j'ai reçu une lettre de ma femme, Aline, qui vous adresse son meilleur souvenir.

MAUD

C'est gentil à elle. Où l'ai-je rencontrée ?

EDMOND

Mais je... je ne sais pas.

MAUD

Vous ne lui manquez pas trop ?

EDMOND

Merci, c'est agréable !

(Isabelle éclate de rire.)

HENRI

Voyons, Isabelle !

(Elle sort de la pièce en hoquetant et Henri fait un pas vers elle.)

LOUIS

Laisse-la tranquille. Pour une fois qu'elle rit, ici.

(Ils prennent un verre en pépiant gaiement.)

MAUD

Nous sommes le 17, n'est-ce pas ? Notre petite promenade en roadster a tourné un peu court. Cette vieille Chenard n'est plus ce qu'elle était.

SYLVIANE

Pourtant Jean-Loup doublait tout ce qu'il voulait avec, quand il la conduisait.

HENRI

Il conduisait comme un fou, mais rudement bien.

MAUD

Ça oui... vous vous rappelez quand...

(*Elle croise le regard de Louis et s'arrête.*)

Bref, j'ai une bonne nouvelle pour vous. Le 18, c'est-à-dire demain, nous avions fait la route jusqu'à Tours et à vélo.

HENRI

A quoi ?

EDMOND

Ah non !

MAUD

Oui. A vélo. J'en ai fait acheter des neufs, évidemment, et demain vers dix heures, rendez-vous au bas du perron.

HENRI

Nom d'un chien.

(*Il tombe dans un fauteuil.*)

SYLVIANE

Et ma sciatique, Maud ?

MAUD

Ça la guérira peut-être. Un bon mouvement, le nerf se débloque et voilà.

(Sylviane sort, furieuse.)

Je ne sais pas ce qu'elle a en ce moment, elle est d'une susceptibilité maladive.

LOUIS

C'est à cause d'Edmond.

EDMOND

De moi ?

LOUIS

Eh oui, mon cher, elle vous mange des yeux.

EDMOND, *flatté*

Vous voulez rire... Mais, sérieusement, pour revenir à ce projet insensé, Maud, je dois vous signaler que, d'une part, j'ai sûrement réveillé mon lumbago grâce à ce cric, et que, d'autre part, je ne suis pas monté sur un cycle depuis, euh... euh...

HENRI

J'avoue que ça m'inquiète, cette histoire de vélo, mais l'idée de vous voir perché là-dessus, Edmond, me déciderait de toute façon.

MAUD

Un peu d'exercice, Edmond, vous êtes gros. Votre femme Aline me remerciera. Et puis c'est l'histoire. Et la vérité historique, Edmond, qu'en faites-vous ? Vous, l'historien !

(*Elle se tourne vers Louis.*)

Et toi, tu as quelque chose contre ?

LOUIS

Oh moi, ma chère, faire des zigzags sur mes jambes ou sur des pédales m'est complètement indifférent.

MAUD

Donc tout va bien. Ce soir, un peu de be-bop, au lit très tôt, et demain à dix heures, tous en selle !...

NOIR

SCÈNE III

Une route.
Emmêlés, les mêmes, dans la poussière
et plus ou moins allongés
sur des vélos tordus.
Seule intacte, Maud, fièrement campée
sur son cycle.

HENRI, *se relevant*

Nom d'un chien... nom d'un chien... nom d'un chien...

LOUIS, *s'essuyant*

Ce n'est pas un chien, c'est Sylviane.

HENRI

Parfaitement. Si Sylviane n'avait pas tourné brutalement à droite, et si tu n'avais pas fait ce crochet pour l'éviter qui t'a fait me rentrer dedans, pendant que cet idiot d'Edmond nous passait dessus...

LOUIS

Tu es en train de reconstituer les 24 Heures du Mans, ou quoi ? On est dans la poussière, point final. Ça devait arriver d'ailleurs.

HENRI

En fait, ça ne marchait pas mal, tant qu'on pédalait. C'est quand j'ai vu la descente que j'ai compris qu'on était cuits.

EDMOND

Moi aussi. Le vent s'est mis à me souffler aux oreilles, je vous ai vus dans un brouillard, comme des taches de couleurs... ce fut atroce. Je suis navré de vous être passé dessus, Henri, mais j'étais si cramponné à mon guidon que je n'ai pu atteindre la poignée des freins.

MAUD, *sèche*

C'est fini, ces lamentations, vous êtes vivants, non ? En selle !

LOUIS, *ferme*

Jamais. Ma bouteille est intacte, je reste ici avec elle. Bonne route.

EDMOND

Nous aussi. On reste là. Sur la terre.

(*Ils s'assoient tous par terre.*)

HENRI

Nom d'un chien, où est Isabelle ?

MAUD

Elle nous a doublés comme un cheval emballé. Je crois que ses freins étaient cassés. Sylviane, vous l'avez vue ?

SYLVIANE

Le temps d'un éclair.

MAUD

C'est drôle, quand cette sotte de Sylviane a fait son crochet et que je vous ai vus allongés à terre, Henri et toi, j'ai réfléchi très vite : ou je vais dans le fossé, et avec ces ronces, le désastre... ou si je passe sur eux, je ne suis pas lourde et j'ai une chance. On pense vite, c'est fou, dans ces cas-là.

LOUIS

On pense vite et égoïstement, me semble-t-il ! On est quoi, Henri et moi ? Des bosses, des caniveaux ?

EDMOND

C'est vrai que ce sont vos corps qui m'ont fait tomber. Un équilibre sur deux roues est déjà instable, si en plus il y a des obstacles...

LOUIS

Dites donc, mon vieux, que vous vous dirigiez comme un imbécile et que vous nous écrasiez, c'est déjà pas mal. Mais vous n'allez pas nous le reprocher, non ?

EDMOND

Un imbécile, moi ? Ah ! vous me le payerez !

(*Il se jette vers Louis, Henri l'arrête.*)

MAUD, *sévère*

Mais ! c'est fini ? On rêve ! Edmond veut se battre ? Mais qu'est-ce que tu lui as fait, Sylviane ? Tiens, voilà Isabelle.

(*Entre Isabelle, en larmes, son vélo à la main.*)

ISABELLE, *pleurnichant*

Je suis défigurée, je suis tombée en bas de la pente... Hi, hi... mes freins étaient cassés.

LOUIS

Quelqu'un les avait sciés, sûrement. C'est Agatha Christie ici, on va tous mourir doucement.

HENRI, *prenant le vélo d'Isabelle*

Ma chérie, ne pleure pas, ce n'est rien, tu as le nez un peu écorché, c'est tout.

ISABELLE, *s'asseyant*

C'est tout, c'est tout, tu es drôle, toi. Et mon chemisier de soie sauvage...? Regarde... Non, j'en ai assez, je veux aller à Saint-Tropez.

(*Henri s'éloigne avec le vélo.*)

SYLVIANE

De toute façon, vous n'êtes pas convenable, ma petite. Laissez-moi vous prêter mon châle.

(*Elle l'enveloppe.*)

EDMOND

C'est dommage. Hi, hi...

MAUD, *égayée*

Eh bien ! Eh bien ! Tu deviens lubrique, Edmond ?

EDMOND

De temps en temps un honnête homme peut regarder une jolie femme, non ?

LOUIS

Ne t'affole pas, Henri, c'est le choc.

HENRI

Je ne m'affole pas, je m'en fiche.

MAUD

Qu'est-ce qui te prend ?

HENRI

Rien, je me sens gai. A voir Isabelle et son nez, et à écouter cette complainte de Saint-Tropez qu'elle me chante, j'ai envie de rire, tout à coup.

MAUD

Tiens, tu te réveilles ?

HENRI

Oui. Je suis gentil, moi, après tout. Je l'aime, je la fais vivre, je suis dix fois plus intelligent qu'elle, et elle veut voir des maîtres-nageurs ! Mais la barbe, après tout, la barbe.

(*Silence. Isabelle est suffoquée.*)

ISABELLE

Mais... Tu ne penses pas ce que tu dis ? Henri, je rêve ?

HENRI, *lancé*

Non tu ne rêves pas. Et j'en suis navré, parce que c'est bien la première fois que tu aurais manifesté la moindre tendance à la rêverie.

ISABELLE

Eh bien, ça alors !... Tu me mets sur un vélo cassé, tu m'emmènes sur des pentes et quand je tombe, tu m'insultes devant tes camarades...

MAUD, *indignée*

... Tes camarades !... Nous n'avons jamais été des camarades, soyez polie. Nous avons été amis, amants, ennemis, mais jamais des camarades ni même des copains... enfin...

LOUIS, *conciliant*

N'accable pas cette enfant, Maud, chaque époque a ses termes.

ISABELLE, *reniflant*

Louis a bon cœur, lui. C'est le seul. Il boit trop, mais il a bon cœur.

LOUIS

Non je n'ai pas bon cœur. Je suis abject. Mais moins que lui. (*Il désigne Edmond.*)

EDMOND

Qui... que... moi... abject ?

LOUIS, *amusé*

C'est un suborneur, un vil suborneur. Voilà cet homme marié, avec deux grandes fillettes, qui vient s'attaquer à la vertu de notre pure Sylviane... Et vous voudriez que je me taise ?

HENRI

Il a fait ça ? Et il a réussi ?

LOUIS

Il a essayé. J'ignore s'il a réussi. Sylviane ?

SYLVIANE

Ne faites pas l'idiot, Louis. Edmond ne m'a pas subornée, c'est moi qui l'ai violé...

EDMOND, *noble*

Ah non... Si l'heure de la vérité a sonné, je parlerai... Oui je l'avoue, j'ai tenté de courtiser Sylviane... C'est vrai.

LOUIS

Je le dirai à votre femme.

EDMOND

Oh non, mon Dieu, pas en ce moment... Quelle abomination...

HENRI

Enfin, Louis, Edmond est libre... Tu n'es ni sa mère, ni sa sœur que je sache.

LOUIS

Dieu merci !

HENRI

Comment Dieu merci ?... Ce n'est pas infamant d'être la mère ou la sœur d'Edmond.

LOUIS

Non, mais ça ne m'excite pas.

MAUD

J'avoue...

EDMOND

Mais tudieu... Je... Je... enfin je ne crois pas avoir été la première expérience de Sylviane... Nous sommes adultes...

LOUIS

Voulez-vous insinuer que Sylviane, cet ange, n'était plus vierge ?

ISABELLE

Ah bien, j'espère !

SYLVIANE

De quoi vous mêlez-vous ?

ISABELLE

De rien. Mais puisqu'il n'y a que des dingues, ici... Vous savez que vous êtes drôlement dingues...

MAUD

Quel terme ! Enfin... Alors Edmond, comptez-vous réparer ?

EDMOND

Parfaitement. Je vous dirai comment.

HENRI

Allez, Louis, on lui pardonne...

LOUIS

Bon... (*Il rit.*) Edmond chéri, mon petit garçon, croyez-vous vraiment que j'allais rapporter à votre femme ? Nobody is perfect, mais quand même. Je ne rapporte pas.

EDMOND

Ah, c'était pour rire. Vous avez de ces plaisanteries. J'ai eu peur, moi.

MAUD, *rêveuse*

Tiens, à propos de " Nobody is perfect ", ça me rappelle... C'était une idée de Jean-Loup, je crois, ou de toi, Louis, ou de moi... Je ne me rappelle plus... On était tous les trois, on avait trop bu, un soir de printemps. Tu ne te rappelles pas ?

LOUIS

Non. Mais ça ne m'étonne pas !

MAUD

On voulait faire un club. Le club des gens tolérants. De ceux qui savent que " nobody is perfect... et qui ne s'en formalisent pas ". Les gens qui ne jugent pas, jamais, personne, tu t'en souviens ?

LOUIS

Non, mais c'était une bonne idée.

MAUD

On avait trouvé très, très peu de gens comme ça. Jean-Loup nous avait traînés toute la nuit partout en essayant de trouver des membres pour notre Club... Il était désespéré le matin.

LOUIS

Combien en avait-il trouvé ?

MAUD

On en avait six, je crois, nous compris. Et Jean-Loup voulait que chacun de nous ait un signe à vie... D'ailleurs... montre ta main gauche, Louis.

LOUIS, *sidéré*

Voilà.

MAUD, *triomphante*

Tu vois, cette trace blanche sur le dos de ta main. C'est ton signe : Nobody is perfect. Jean-Loup t'avait brûlé la main, et la sienne, et celle des trois autres, avec une cigarette.

LOUIS

Tu es sûre ? Je me suis demandé, parfois, ce que c'était... Et toi ? Montre ta main.

MAUD, *gênée*

Moi, j'étais absolument d'accord, sur le principe, mais tu comprends, pour une femme ce n'est pas très joli et puis ça fait mal, ce genre de choses...

LOUIS, *doux*

Oui, bien sûr. (*Il frotte ses mains, pensivement.*) Et qu'est devenu ce Club ?

MAUD

Oh tu sais, comme toutes ces choses-là. Ça dure un soir, un an... On oublie.

EDMOND

Non, il ne faut pas oublier le Club. Mes amis, j'ai besoin de vous ! Aidez-moi ! J'ai écrit à Aline que j'étais prêt à divorcer.

HENRI

Quoi ?

SYLVIANE

Hein ?

LOUIS

Qu'est-ce qu'il dit ?

EDMOND

Oui. Je sais bien que vous me trouvez ennuyeux, mais moi, vous me faites rire, je me sens bien avec vous, je m'ennuie trop à la maison et à la Sorbonne, je veux rester avec vous, je ne veux pas revoir Aline ni mes filles, je veux rester ici et même faire du vélo.

LOUIS

Allons bon, la contestation chez les quinquagénaires maintenant... Mais enfin, Edmond, et vos devoirs ?

EDMOND

J'en ai assez. Je ne veux pas rentrer rue Saint-Jacques et regarder la télévision avec Aline et mes deux andouilles de filles. Ou corriger des devoirs ineptes. Ou faire des cours ineptes parce que *je suis* inepte. Je veux rester ici, avec vous, et faire des bêtises. Je vais mourir bientôt, moi, après tout.

MAUD

Mais pourquoi mourrais-tu, tu es malade ?

EDMOND

Non, je suis vieux.

MAUD

Quelle idée, tu as mon âge ! Mais tu te portes comme un charme. Enfin Sylviane, fais quelque chose.

SYLVIANE

J'ai vraiment fait le maximum, Maud. Dois-je le rappeler ?

MAUD

C'est vrai. Mais ne pleure pas comme ça, voyons Edmond, on va tout arranger. Tu n'iras plus à l'école, si tu ne veux plus. On enverra de l'argent à ta femme. Tu ne devais pas gagner grand-chose de toute façon, mon pauvre chou, avec tous tes diplômes ?...

EDMOND, *reniflant*

Trois cents, plus les primes.

MAUD

Eh bien, tu vois, ce n'est rien. Tu peux très bien rester ici, si tu veux, tu t'occuperas de la maison. Peut-être Louis restera avec toi.

EDMOND, *en larmes*

Hou, hou, que j'ai été malheureux, que je me suis ennuyé toute ma vie, toute ma vie...

MAUD, *ferme*

Louis... donne-lui un coup à boire.

EDMOND, *en larmes*

Jamais d'alcool.

MAUD

Bois. Ou j'appelle Joséphine... euh, Aline. Allez, bois ! Mais quel est ce gros chagrin ? Pauvre Edmond...

LOUIS

C'est un petit coup de jeunesse, ma chérie. C'est aussi dangereux à réveiller qu'un tigre. Le temps passait, le temps passait, et tout à coup on vous laboure le cœur. Edmond, je suis ravi que vous y preniez goût, mais c'est ma bouteille.

(*Il veut lui prendre la bouteille des mains. A partir de là, Edmond va boire sans arrêt.*)

EDMOND

Ça fait du bien. Pardon à tous, mes nerfs ont lâché.

ISABELLE

Moi c'est mes freins qui ont lâché !

LOUIS

C'est pareil, mon chou. (*A Edmond.*) Mais, mon cher, on est ravis, on ignorait que vous en aviez des nerfs.

EDMOND

Eussiez-vous ignoriez que j'en eusse.

LOUIS

Ne redevenez pas pédant, Edmond, vous avez été presque humain, trois minutes.

EDMOND, *en larmes*

Mais je vais le rester, je veux le rester.

MAUD

Mais bien sûr, voyons, arrête de pleurer pour un subjonctif. De l'imparfait, en plus.

LOUIS

Ce sont les seuls qui nous restent, ma chérie...

MAUD

Oh toi, je t'en prie. Évite-nous tes mots... Tu es alcoolique, bon, charmant, bon, mais ce n'est pas une raison pour faire pleurer Edmond.

LOUIS

Ce n'est pas moi, malheureux parasite ivrogne, qui fais pleurer Edmond. Edmond pleure parce qu'il est honnête, diplômé, marié, bon citoyen, bon père, érudit en plus, en l'an de grâce 1970, en France. Voilà pourquoi il pleure, Edmond. Il rêvait, lui aussi, tu sais, à vingt ans.

SYLVIANE

De quoi pouviez-vous donc rêver ?

MAUD

Nous rêvions tous. Mais maintenant, c'est fini. Moi, en tout cas, je sais que c'est fini. Plus que toi, même, tu ne le sais. Car parfois, à travers une bouteille, tu dois voir, tu dois entrevoir des choses... des choses ensoleillées, généreuses, insouciantes...

LOUIS

C'est vrai, oui. Rare, mais vrai.

MAUD

Et moi, je ne bois pas.

(Un silence.)
(Maud soudain éclate de rire.)
D'ailleurs, je vais finir par m'y mettre.

HENRI

Fière idée. Plus de femmes, plus d'histoires. Des bouteilles, des bouteilles. Rondes, carrées, blondes, brunes...

LOUIS

Même pour les bouteilles, tu t'exprimes en termes d'homme à femmes.

EDMOND

Je ne sais pas si avec mon foie...

MAUD

Je t'en achèterai un. Le premier mort de la région donnera son foie à Edmond. Une bonne greffe. C'est rien, maintenant.

EDMOND

Quand je pense qu'Aline n'a jamais mal au foie...

MAUD

Ah non. On ne va pas tuer ta femme pour ça. Que tu la quittes, bon, mais tu ne vas pas lui enlever son foie en partant, ce n'est pas bien.

EDMOND

Mais je n'y pensais pas... Voyons, Maud !

MAUD

Tu ne penses jamais à rien !

HENRI

Je trouve qu'Edmond a raison. On devrait tous rester ici, vieillir et mourir ensemble.

MAUD

D'accord. Je vous ferai vivre.

ISABELLE

Ah non !... Mais vous êtes tous fous ?

MAUD

Justement pas, mon enfant. C'est que vous commenciez à nous agacer, avec votre jeunesse, votre minceur, et vos révoltes... on s'ennuyait ferme, même, je peux vous le dire. Nous voilà entre nous, sans mépris et sans condescendance, des gens du même âge, décidés à mourir gaiement ensemble. Alors ?

ISABELLE

Henri... Henri... tu ne vas pas rester là ?

HENRI

Si, mon chéri. On va feuilleter des souvenirs d'enfance. Et faire des pique-niques et du vélo tous les dimanches. Je ne peux pas te proposer ça. Tu as tes clubs et tes plages. Et ton avenir. Car tu seras vieille aussi, un jour, mon chou, faut y penser. Comme nous.

ISABELLE, *un cri*

Ah non, ne dis pas ça !

MAUD

Et à ce moment-là, vous ferez de la Vespa à Saint-Tropez au lieu de faire du vélo en Touraine, c'est tout.

LOUIS

Ce n'est qu'une question de temps et de climat. Voire de vitesse.

HENRI

Oui. C'est tout. Va donc téléphoner à ton Jean-Pierre.

ISABELLE

(*A tous*.) Vous me faites horreur.

EDMOND, *souriant*

Vous pas, ma petite fille. Je vous trouve même très coquine sous ce caraco.

(*Il se met à sa poursuite lentement.*)

LOUIS

Mais il est devenu maniaque, ma foi !

SYLVIANE

Pas du tout. Vous l'avez fait boire, c'est tout.

ISABELLE, *terrifiée*

Henri... Il est fou, il a des yeux d'obsédé, il va me violer, c'est sûr...

HENRI

Cher Edmond, si ça l'amuse... (*Il éclate de rire.*)

EDMOND

Et si je veux !

ISABELLE

Pardon ?

EDMOND, *menaçant*

Et si je veux. Chacun fait comme il veut ici.

LOUIS

Il est vraiment ivre-mort.

(*Maud, distraite, tandis qu'Edmond s'engage dans les arbres à la poursuite d'Isabelle.*)

MAUD

Puisqu'on est tous heureux, il va falloir mettre au point la question des menus. Chacun a son régime, non ?

LOUIS

On mangera ce que tu voudras, Maud.

HENRI

Oui, Maud, même des œufs durs.

(*On entend des cris perçants dans les bois.*)

MAUD

Je crois qu'Edmond viole ta femme, Henri, sans me vanter.

HENRI

Je suis tranquille. Elle court plus vite que lui. Le principal pour moi, c'est qu'elle coure le plus loin possible. C'est parfait. Elle partira demain. (*Il s'allonge dans l'herbe.*) Ce qu'on est bien dans l'herbe.

LOUIS, *rêveur*

C'est vrai, c'est fou ce qu'on est bien dans l'herbe. Mais qu'est-ce qu'on a, tous ?

MAUD, *douce*

On est jeunes, mon chéri.

RIDEAU

ACTE II

SCÈNE I

*Même décor qu'à la scène II de l'acte I,
mais il pleut
et il y a un feu dans la cheminée.
Maud, Sylviane, Henri et Edmond
jouent aux cartes.
Louis rêve au coin du feu.*

MAUD

(*A Edmond.*) Vous vous décidez, Edmond ?

EDMOND, *hésitant*

Mon temps et tous mes droits.

MAUD

Et ça, vous le prenez votre temps ! Cette pauvre Aline n'a pas dû rire tous les jours...

(*Il joue.*)

Ah ! ah ! vous voilà attrapé. C'est moi qui ai le valet. Ma chère Sylviane, nous les tenons. Avec ma belote, ils sont dedans. Atout et re-atout.

EDMOND

Votre belote ? Quelle belote ?

MAUD

Ma belote à carreau.

EDMOND

C'est impossible, Maud. J'avais la dame de carreau.

MAUD

Alors c'est une belote à cœur.

HENRI

Je n'ai pas entendu annoncer la moindre belote.

MAUD

Alors je triche ? Mais dites-le, je triche.

HENRI

Tu ne triches pas, tu te trompes.

MAUD

Aux cartes, c'est pareil... N'est-ce pas, Louis ? Louis, réveille-toi.

LOUIS

De toute façon, vous ne jouez pas un sou. Et pour cause. Cessez de vous quereller.

MAUD

Une belote sans querelles n'est plus une belote. Je maintiens que j'avais annoncé mon roi et ma dame.

SYLVIANE

Je trouve ce jeu de belote bien vulgaire.

MAUD

Vulgaire, ce jeu d'enfants !... Ma chère amie, j'ai vu des gens du monde jouer un dollar le point aux Bahamas, au gin-ramy. Là, tu aurais compris ce qu'était la vulgarité. Alors, Edmond, tu donnes ? Tu boudes ?

EDMOND

Je voudrais une goutte de calvados.

MAUD

Décidément... tu fais des adeptes, Louis. Edmond et son calvados, Sylviane et sa liqueur de menthe, Henri et ses gin-tonics... Qu'est-ce que vous avez tous ?

LOUIS

C'est que la vie est insupportable, ma belle amie, tu ne le comprends pas. Le L. S. D., l'alcool, les tranquillisants, la morphine, tout cela a la même fonction. Faire passer le temps.

MAUD

Oui. Eh bien, moi, elle me plaît comme elle est la vie, toute crue, sans pilules. Et sans alcool. Edmond, j'ai coupé.

LOUIS

Oui, mais toi, tu es un monstre, ma chérie.

MAUD

C'est vrai. J'oubliais, c'est " moi " le monstre ! Alors,

s'il te plaît, sur la terre, à part les ratés et les monstres, qu'y a-t-il d'autre ?

LOUIS

Rien, ma pauvre, rien du tout. Il y a les chiens qui sont bien braves, quelquefois.

HENRI

Les quoi ?

LOUIS

Les chiens. (*Mimant.*) Ouah ! Ouah !

HENRI

Je passe.

SYLVIANE

Je passe.

EDMOND

Passe.

MAUD

Il est ivre. Encore. Sans atout. Tierce majeure.

LOUIS

Je m'ennuie. Je m'ennuie de mes bars et de Paris.

MAUD

Vas-y !

LOUIS

Non, j'ai peur. Je n'ai plus le courage de courir après dix francs. Comme Edmond qui s'ennuie de ses discours à ses élèves, comme Henri qui s'ennuie de ses femmes... on a tous peur. Heureusement, tu vas bientôt t'ennuyer toi-même de tes intrigues et de tes voyages et on sera obligés de décamper. Ouf !

HENRI

Il délire. Ton hospitalité est exquise, Maud... (*Il lui baise la main.*)

EDMOND

C'est vrai, Maud, exquise. (*Il se penche sur sa main à son tour.*)

MAUD, *criant*

Ah ! mais, il est fou, celui-là... Qu'est-ce qui vous prend, Edmond ? Il m'a mordue.

HENRI

Mordue ?

MAUD

Mais oui, mordue. Regarde, Henri.

HENRI

Mais enfin qu'est-ce qui vous prend, Edmond ?

EDMOND

J'ai voulu juste mordiller un peu la paume, j'ai lu que ça se faisait, je ne voulais en aucun cas...

MAUD, *furieuse*

Mais où avez-vous lu ça ? Dans quel ouvrage libertin et stupide ?

EDMOND, *choqué*

Ah non ! Dans un roman de chevalerie.

MAUD

De chevalerie... Et d'abord pourquoi même me mordiller la main ? Ça ne va pas ?

LOUIS, *déclame*

" Il mord la main qui le nourrit. "

MAUD

C'est insensé... L'un qui aboie, l'autre qui me mord, je vais poser des sucres sur le nez de Sylviane, si ça continue.

(*Henri éclate de rire en regardant Sylviane furieuse.*)

HENRI, *fou rire*

Pardon, c'est nerveux. Où en est-on du jeu ? Tiens, on sonne. J'y vais.

(*Il sort en se tenant les côtes.*)

SYLVIANE

Je ne vois pas ce qu'il y a de drôle à cette histoire de sucre...

EDMOND, *galant*

Moi non plus, chère Sylviane.

MAUD, *songeuse*

Je vais mettre un peu d'alcool sur ma main, on ne sait jamais, ça s'infecte vite ce genre de choses.

LOUIS

N'exagérons pas, ma chère. Votre damoiseau est lubrique, mais il n'est pas enragé...

(*Il rit à son tour.*)

EDMOND, *debout*

Vous... vous... je vous flanquerai une trempe, un de ces jours...

LOUIS

Quel est ce langage de potache ? Ah oui, c'est vrai...

(*Rentre Henri, riant encore ; il regarde Sylviane, et remet un télégramme à Maud en s'essuyant les yeux.*)

MAUD, *souriant*

Calme-toi, Henri, tu n'as plus douze ans. Vous permettez ?

(*Elle ouvre le télégramme.*)

Mon Dieu...

HENRI

Maud... Qu'est-ce qu'il y a ?

MAUD

Mes enfants, Jean-Loup arrive.

(*Moment de stupeur.*)

HENRI

Jean-Loup ? Mais il est mort...

MAUD

C'est un mort qui envoie des télégrammes ? Regarde. Ah ! je le savais, je le savais qu'il ne pouvait pas être mort. C'était trop bête, trop méchant... Écoute, Louis : " Bien reçu télégramme, arriverai le 25. Jean-Loup. " Louis, Louis, tu n'es pas content ?

LOUIS

Non, je suis inquiet.

MAUD

Mais puisqu'il est vivant...

LOUIS

A quel prix ? Oui, à quel prix ? Il a eu vingt ans à passer, lui aussi. Ça ne passe pas tout seul, regarde-nous.

MAUD

Ah non... tu ne vas pas me gâcher notre plaisir.

LOUIS, *doux*

Non, Maud.

HENRI

Ça alors... Je suis si content de revoir Jean-Loup !

EDMOND

Moi aussi.

MAUD

Le 25... on est le 25 ! Je ne suis même pas coiffée. Nous vivons comme des sauvages ici, comme dans une maison de retraite. Sylviane, viens m'aider, je vais me changer.

EDMOND

Comment croyez-vous qu'il va arriver ?

MAUD, *riant*

A pied bien sûr. Avec un bâton sur l'épaule, tout maigre et quelques cheveux gris.

HENRI

Ou une vieille Torpédo qu'il aura empruntée à une pauvre femme. Ou en train, sans billet. Mais qu'est-ce qu'il a pu faire au Brésil, vingt ans ?

SYLVIANE

Il devait vivre avec une tribu et regarder passer le temps.

EDMOND

Ou alors il était fou d'une femme de là-bas et il vivait dans son ombre, sans rien lui dire... pour épargner son honneur...

LOUIS

Vous devriez arrêter la lecture de votre roman de chevalerie, Edmond.

MAUD

Mais enfin, Louis, qu'as-tu ? Nous sommes tous si contents. Tu n'es pas heureux de revoir Jean-Loup ?

LOUIS

Si justement. C'est bien ce qui m'inquiète. Je suis très heureux de le revoir.

HENRI

Eh bien alors ?

LOUIS

Je vous l'ai déjà dit, je me méfie du temps.

EDMOND

Et cette belote ? On n'a pas fini.

MAUD

La belote... la belote... tu es fou ! Il s'agit bien de la belote... Sylviane, au trot.

(*Elle sort, suivie aussitôt de Sylviane.*)

EDMOND

C'est gai. Moi qui gagnais... Ah, j'en ai assez, c'est trop injuste...

(*Il sort en jetant ses cartes.*)
(*Louis et Henri restent seuls.*)

HENRI

Je me demande si Edmond ne devient pas un peu

cinglé. Il était si comme il faut en arrivant et maintenant...
Décidément, cette Sylviane... Louis, à quoi penses-tu ?

LOUIS

Je pensais que j'aimais beaucoup Maud.

HENRI, *surpris*

Bien sûr. Moi aussi. Pourquoi dis-tu ça ?

LOUIS

Non. Je pensais que j'aimais " vraiment " beaucoup Maud. Je suis inquiet pour elle.

HENRI

Pourquoi inquiet ? Elle est ravie. Son Jean-Loup arrive aujourd'hui.

LOUIS

" Son " Jean-Loup... Est-ce que ce sera son Jean-Loup ? Regarde-nous, Henri. Ou plutôt regarde-moi. Toi, tu es encore le mieux, grâce à ton obsession enfantine pour les femmes. C'est vrai que l'amour — physique, j'entends — conserve bien. Mais moi ? Tu te rappelles le jeune homme que j'étais ?

HENRI

Tu n'es pas si mal, mon vieux.

LOUIS

Merci, tu es gentil. Dis-moi, tu es content, toi, d'être mince ?

HENRI

Eh bien, mon vieux, je n'ai pas le choix. A notre époque, si on n'est pas mince, bronzé et gai, on est fichu...

LOUIS

C'est le bagne. Tu m'imagines aller tous les jours faire de la gymnastique, surveiller mon whisky et avaler des vitamines ? Pourquoi pas habiter Parly II et mettre des lotions viriles " after shave " ? Non mais, où vivons-nous ? Ils sont fous, non ? Moi quand une femme m'aime, elle s'en fiche de mon poids. Et je n'ai jamais aimé une femme pour son tour de taille... pour autre chose, géné-ralement...

HENRI

Moi aussi, mais qu'est-ce que tu veux faire ? Elles sont toutes cramponnées à des régimes ou des vibro-masseurs.

LOUIS

Je te le dis, Henri, la sensualité n'a que des rapports lointains avec l'esthétique. On peut me montrer n'importe quelle jeune et mince personne, si elle n'a pas dans les yeux, la bouche, cette expression, tu sais... je ne marche pas.

HENRI

Et que penses-tu d'Isabelle ?

LOUIS

Isabelle, je comprends.

HENRI

Merci, mon bon... Pour en revenir à Jean-Loup et vu la forme superbe de Maud, même si Jean-Loup a pris quelques kilos et quelques cheveux gris...

LOUIS

Je ne parle pas uniquement du physique. Tu ne te rends pas compte, Henri, ce n'est pas un homme que nous attendons, c'est notre jeunesse. C'est un symbole. Et c'est à cause de ce symbole que nous vivons ici, tous, comme des demeurés. Tu ne le sais pas ?

(Un temps.)

HENRI

Tais-toi, Louis. Pourquoi parles-tu comme ça toujours de choses dont il ne faut pas parler ?

LOUIS

Parce que je veux que tu m'aides à... disons à protéger Maud.

HENRI, *riant*

Protéger Maud... c'est un paradoxe... Et de qui, mon Dieu ?

LOUIS

D'elle-même. Allez viens ! On va se faire une beauté.

(Ils sortent.)
(Rentrent aussitôt Sylviane et Maud, en robe longue. Sylviane va regarder par la fenêtre.)

MAUD

Vous ne voyez rien, Sylviane ?

SYLVIANE

Non. C'est curieux, Maud, je ne vous avais jamais vue si nerveuse.

MAUD

Je ne suis pas nerveuse. Je suis très contente de revoir ce cher Jean-Loup, c'est tout.

SYLVIANE

C'est tout... Je vous demande pardon, Maud, mais vous oubliez certaines choses. C'est que c'est moi qui ai déballé vos bagages dans tous les palaces du monde durant vingt ans et que je savais où poser la photo de Jean-Loup, même jaunie, quand par hasard vous étiez seule. Sur votre table de chevet.

MAUD, *froide*

Et alors ?

SYLVIANE

Vous oubliez aussi que c'est moi qui réglais les chèques des agences privées quand vous le faisiez chercher dans toute l'Amérique du Sud.

MAUD

Et alors ?

SYLVIANE

Alors... c'est tout.

MAUD

C'est mieux ainsi.

(*Un silence.*)

SYLVIANE

Ah... Je vois une voiture, enfin ses phares.

MAUD, *debout*

C'est lui ?

SYLVIANE, *lentement*

Je ne sais pas... Il vient par ici... non, il tourne à droite.

(*Elle se retourne brusquement vers Maud debout et sourit. Maud se réveille, la fixe.*)

MAUD, *se rasseyant lentement*

Et alors ? Vous me trouvez ridicule, Sylviane, je vous trouve sèche. Quelle importance...

SYLVIANE

Plus aucune. Après vingt ans de ce genre de rapports, deux femmes ne peuvent que se haïr, n'est-ce pas ?

MAUD

Je ne vous hais pas.

SYLVIANE

Non. Mais si vous aviez eu une fois, une seule fois, un peu d'affection pour moi, ou même d'amitié, nous aurions pu nous entendre.

MAUD

Je n'y ai jamais pensé.

SYLVIANE

Je sais. Pourquoi, au fait ?

MAUD

Je n'y ai jamais pensé non plus. C'était instinctif.

SYLVIANE

C'est délicieux, l'instinct chez les gens riches. Quel raffinement !

(*Rentrent les hommes, habillés avec un peu
plus de soin.*)

LOUIS

Alors, Sylviane, vous ne voyez rien ?

SYLVIANE

Non.

LOUIS

Anne, ma sœur Anne, vous êtes lamentable.

HENRI

Il aurait pu donner l'heure de son arrivée. Ça rend nerveux tout ça.

EDMOND

J'ai dû grossir, grâce à vos bons soins, Maud, mon col m'étouffe.

HENRI

Je me demande pourquoi on s'est tous habillés comme ça. Il va arriver en clochard et pleurer de rire en nous voyant. Et vous vous rappelez ses fous rires ? Il ne pouvait plus s'arrêter...

SYLVIANE

Je vois des phares au bas de la côte...

(Un silence.)
(Louis, Henri et Edmond font un pas vers la fenêtre.)
(Maud reste pétrifiée. Louis la regarde.)

Oui, il tourne à gauche. Il vient par ici.

(Elle quitte la fenêtre. Les autres se précipitent dans un fauteuil, sur une revue ou sur un verre, comme honteux.)
(Seule Maud fixe la porte.)
(Entre Jean-Loup. Il est grand, fort, un peu rougeaud, très aimable. Il s'arrête sur le pas de la porte.)

JEAN-LOUP

Hello, me voici...

(Ils le regardent tous, ahuris.)
(*très gai*) Maud, ma chère Maud. Je t'embrasse la première... Toujours belle, ma chère... et richissime paraît-il... J'en étais sûr... (*Il l'embrasse.*) Henri, le bel Henri... (*Il l'embrasse.*)... Louis... et Edmond... Sylviane... J'ai bonne mémoire, n'est-ce pas ?... Quelle joie de vous revoir... Personne ne me donnerait un verre de scotch... cette route est longue.

(Il tombe dans un fauteuil.)

HENRI

Tu... tu as fait bon voyage ?

JEAN-LOUP

Tu sais, j'ai touché la nouvelle DS, il y a trois jours. Ça roule plutôt bien. J'ai même grillé une Mercedes sur la route. Le type était furieux...

(*Un temps.*)

Alors ?

MAUD

Alors quoi ?

JEAN-LOUP

Eh bien, qu'avez-vous fait tous ? On ne s'est pas vus depuis vingt ans, après tout... J'ai trouvé ton télégramme en arrivant de New York où j'avais quelques petites affaires à régler... Qu'est-ce que vous faites tous ici ?

LOUIS

On t'attendait. Et toi, qu'est-ce que tu as fait ?

JEAN-LOUP

Moi, comme tu le sais, j'ai disparu il y a vingt ans, sans un sou. Et j'ai fait ma réapparition il y a six mois à Paris avec COFINEL. C'est le nom de ma boîte.

EDMOND

Cofinel... Cofinel... ça me dit quelque chose...

JEAN-LOUP, *riant*

Je pense bien. Constructions partout. Dix milliards de chiffre d'affaires.

EDMOND

Crédieu !... Et c'est à vous... enfin à toi ?

JEAN-LOUP

Oui, mon vieux. A moi tout seul. Et plus tard à mes gosses. J'en ai trois. Et toi ?

EDMOND, *bafouillant*

Euh... moi... je suis professeur d'histoire à la Sorbonne et... euh... j'ai deux grandes filles.

LOUIS

On devrait échanger tout de suite nos livrets de famille, ça irait plus vite.

JEAN-LOUP

Ah ! mon vieux Louis, toujours sarcastique... Qu'est-ce que tu as fait, toi ?

LOUIS

Moi ? J'ai bu.

JEAN-LOUP

C'est tout ? De quoi tu vis ?

LOUIS

Actuellement ? De Maud.

JEAN-LOUP

Sans blague... Mais je vais te trouver un job, mon vieux, à Paris, dans ma filiale. Pas trop de travail et pas mal de fric... Et toi, Henri, toujours les femmes ?

HENRI

Euh, mon Dieu, comme ci comme ça...

JEAN-LOUP

Et toi, Maud, tu continues à briser les cœurs et les tirelires ? Tu es superbe, tu sais.

MAUD

Merci Jean-Loup. Non, je suis en vacances.

JEAN-LOUP

Vous m'avez l'air un peu endormis, tous. Heureusement que j'arrive pour vous réveiller, comme dans le bon vieux temps. Ce qu'on a pu s'amuser ici, je me souviens... Que faites-vous toute la journée ?

LOUIS

Les premiers temps on a fait du vélo et des pique-niques et...

JEAN-LOUP, *s'esclaffant*

Sans blague... A votre âge ?

MAUD

A " notre " âge.

JEAN-LOUP

C'est vrai. A notre âge. Quand même, on s'est bien défendus tous. Maud, comment me trouves-tu ?

MAUD

Épatant.

JEAN-LOUP

Ça, c'est la vie active, les affaires, la bagarre. Car je peux te dire que je me suis bagarré. Pied à pied, tout seul. Tu te rappelles que je voulais être poète ? Eh bien, permets-moi de te le dire, la vie et la poésie, ça fait deux. Ça, j'ai compris. Quelqu'un veut un cigare ?

LOUIS

Volontiers. Alors si je comprends bien, tu as Cofi-machin, trois " gosses ", une DS neuve... et tu as une femme, non ?

JEAN-LOUP

Bien sûr. Jenny. Superbe. Elle te plairait, Henri. Elle aurait voulu venir, mais tu sais ce que c'est avec les femmes, c'est les collections de couture en ce moment à Paris et l'idée d'en manquer une... elle serait morte; elle adore ça. Ça me coûte plutôt cher, mais après tout, si ça l'amuse, j'ai les moyens.

MAUD

Tu ne veux pas poser tes valises... ta chambre est prête. La grise, tu sais.

JEAN-LOUP

Pour quoi faire ? Tu ne veux pas que je me mette en smoking, si ? Ah, ne me fais pas ça, mon ange, je passe ma vie avec ces nœuds papillons. Jenny me fait sortir tous les soirs. Et comme elle connaît tout Paris... Ah non, un peu de campagne ! Demain un vieux pantalon de velours, un gros chandail et voilà. D'ailleurs, je dois repartir demain soir.

LOUIS

Déjà ?

JEAN-LOUP

Les affaires, mon vieux, les affaires.

MAUD

Tu ne penses plus qu'à ça ?

JEAN-LOUP

A quoi tu veux que je pense ? Les petites filles de temps en temps, oui. C'est toujours distrayant. N'est-ce pas, Henri ? (*Il lui donne une bourrade.*)

HENRI, *gêné*

Oh moi, tu sais...

JEAN-LOUP

Je sais, je sais... Alors si je comprends bien, Edmond fait le professeur, toi tu cours les filles et Louis boit. Finalement, il n'y a que Maud qui se soit un peu débrouillée.

MAUD

Qu'entends-tu par " débrouillée " ?

JEAN-LOUP

Je parle du nerf de la guerre, ma belle amie, de l'argent. C'est pas joli à dire, mais c'est vrai.

MAUD

Oui, tu as raison, je me suis bien débrouillée.

(*Un temps.*)

Pauvre imbécile !

(*Silence.*)

Finalement je parlais de moi. Tu ne veux pas un autre whisky ?

JEAN-LOUP

Merci. Un avant dîner, un après. Point final. Pas de blagues.

LOUIS

Pourquoi tu dis toujours " pas de blagues, sans blagues, quelle blague " ? C'est un tic ?

JEAN-LOUP

Pardon ? Je dis ça ? Oh ce doit être machinal. Et puis, entre nous, tu m'avoueras que la vie, c'est une belle blague, non, justement.

MAUD

Il faut le reconnaître. Donne-moi un verre, veux-tu, Louis, de n'importe quoi ? Je suis bien contente de te revoir, Jean-Loup. J'ai quelques millions à placer, tu crois que je peux les mettre dans ta Cofinel ? On peut acheter des actions ? Ou tu me conseilles plus tard ? Je suis ravie de voir un homme de tête, ici. Comme tu le sais, Louis, Henri et Edmond sont un peu foufous. Ils sont surtout restés très enfants... Je m'en rends mieux compte en te voyant si équilibré, si mâle, si sûr de toi.

LOUIS

Tu veux de la glace, Maud ?

JEAN-LOUP

Je te donnerai tous les tuyaux qu'il faut, Maud. J'ai un merveilleux agent de change. Tu sais, ça me fait tout drôle de me retrouver ici avec vous. Moi aussi, je me sens un enfant, tout d'un coup. Cette vie, la maison, ces arbres, les mêmes vieux meubles, le phono...

LOUIS

Je crois que je vais vomir.

JEAN-LOUP

Eh bien, sors, mon vieux. Tu bois trop, c'est tout. J'ai un très bon toubib, si ça t'intéresse, pour le foie.

LOUIS

Mais qu'est-ce que tu n'as pas ?

JEAN-LOUP, *riant*

Rien, j'ai tout. Ah si, je n'ai pas beaucoup de temps. Je donnerais cher pour passer huit jours ici, avec vous, comme avant. Enfin, c'est passé, tout ça.

MAUD

Oui, oui, oui. Ce qui est passé est passé et il faut bien que jeunesse se passe. C'est ça ?

JEAN-LOUP

Eh oui. Bon, Maud, ma chérie, j'ai cinq cents bornes derrière moi, je vais me coucher. Demain je vous emmène tous faire un déjeuner terrible pour fêter ça. J'ai regardé le Michelin, il y a un restaurant " trois étoiles " à dix kilomètres. Ça vous dit ?

MAUD

Bien sûr. Quelle bonne idée.

> *(Il embrasse tout le monde et sort. Il y a un long moment de silence. Ils ne se regardent pas.)*

EDMOND, *toussotant*

Eh bien, il a bonne mine, notre Jean-Loup.

LOUIS

Ça, oui, tu peux le dire.

EDMOND

Et vous vous rendez compte ? Cofinel ? Mon beau-frère, qui s'occupe de finances, ne parlait que de ça, il y a... euh, encore trois mois. C'est la première organisation en France, maintenant, et...

MAUD

Edmond, tais-toi. Je me fiche de Cofinel.

EDMOND

Mais vous vouliez acheter des actions, vous disiez...

MAUD

Oh, mon Dieu ! De grâce, tais-toi Edmond. (*A Louis.*) Que s'est-il passé, Louis ?

LOUIS

Rien. Vingt ans.

HENRI

Ça fait un drôle d'effet, quand même.

SYLVIANE

Il a dû se rappeler que j'étais dame de compagnie, il ne m'a pas adressé la parole.

EDMOND

Ça, je ne crois pas, chère Sylviane. Il a euh... un peu changé, mais il a toujours l'air bon garçon. Je dirais même que pour un homme dans sa position, il est très courtois.

LOUIS

Parce que pour toi, si on est à la tête de Cofinel, on peut écraser les pieds des gens ?

EDMOND

Je veux dire que c'est fréquent.

HENRI

Ah ! l'argent, l'argent, quel ennui... Quand je vois tous ces galopins qui traînent sur les routes avec trois francs en fumant du haschich et sans rien faire, que veux-tu que je te dise, je les suivrais bien.

LOUIS

En fumant de l'eucalyptus, oui. Et en prenant une bonne chambre d'hôtel, de temps en temps. Non, mon vieux, on est fichus. Nous avons droit au confort ou à la misère dorée pour le reste de nos jours. De toute façon, à mon sens, à trente-cinq ans, on a forcément raté quelque chose. Une histoire d'amour, une ambition, une idée de soi-même. Après, ça va en s'accélérant.

MAUD

Tu veux me redonner quelque chose à boire ?

LOUIS

C'est le deuxième en dix minutes. Tu me bats.

MAUD

Laisse. (*Elle boit très vite.*) Eh bien, puisqu'il en est ainsi, je bois à notre jeunesse, mes petits, à nos vies exemplaires et à notre passé glorieux. Je bois à nos rêves d'enfants, à notre imbécillité native, à notre humiliation perpétuelle. Je bois à nos morts — prochaines je l'espère —, je bois...

LOUIS

Arrête, veux-tu.

HENRI

Oui, arrête.

EDMOND

Ah oui, je déteste qu'on me parle de la mort.

LOUIS

C'est curieux, c'est très souvent les gens qui ont le moins goûté de la vie qui ont le plus peur de la mort.

HENRI, *rêveur*

C'est parce que, pour nous les jouisseurs, il y a des moments dans la vie où l'on voit ce que c'est que la mort et qu'on s'en fiche. Au fond d'un lit, par exemple.

LOUIS

Oui. Ou au fond d'une bouteille pour moi. Je me demande ce qu'il y a au fond de Cofinel.

MAUD, *ivre*

Vous délirez, nous délirons... Nous sommes de pauvres fous rassemblés qui délirons. Décidément, c'est délicieux de boire, Louis. J'étais glacée, j'ai chaud. J'étais mal, je me sens bien. Je respire mieux. La vie recule devant moi comme si elle avait peur. Un autre verre.

HENRI

Maud, tu ne crois pas...

LOUIS

Laisse-la faire.

(*Il lui sert à boire.*)

MAUD

Si on y pense, c'est amusant : ce garçon qui était si charmant, tellement charmant, le Prince Charmant dont rêvent les jeunes filles et parfois, ah, ah, stupidement les femmes mûres... le Prince Charmant s'appelle monsieur Cofinel... Ha, ha, ha... C'est merveilleux...

(*Elle rit.*)

...La vie, quelle belle blague, comme dirait monsieur Cofinel. Il est épatant, voulez-vous que je vous dise, mes chéris, il est superbe, monsieur Cofinel.

(*Elle a un fou rire.*)

Ha, ha, ha, une DS noire et trois " gosses ", oh non, c'est trop drôle... et ha, ha, ha, madame Cofinel qui va chez les grands couturiers, ha, ha, ha ! je n'en peux plus...

(*Elle sanglote.*)
(*Ils la regardent, tous, gênés.*)

SYLVIANE

Maud, je crains que vous ne soyez en état d'ébriété.

MAUD

Et comment... et heureusement... Ça ne vous fait pas rire, vous, tout ça... Moi je trouve ça irrésistible... Est-ce que vous vous rendez compte : monsieur Cofissol ou Cofinel, c'est Jean-Loup. C'est le même corps, les mêmes cheveux, le même regard, les mêmes mains. C'est Jean-Loup.

LOUIS

C'était Jean-Loup.

EDMOND

Même pas. Si l'on pense que nos cellules se changent complètement tous les sept ans, que nos cheveux poussent régulièrement, et que nos...

HENRI

Ah la barbe, Edmond, la barbe !

EDMOND

Vous étiez le seul gentleman ici, Henri, il serait dommage...

HENRI

Je vous ai dit " la barbe ", vieux hibou.

MAUD

C'est vrai qu'il a l'air d'un hibou. On a tous l'air de hiboux d'ailleurs, ce soir... hi, hi... hi...

(*Elle essaie de se lever et retombe assise.*)

Louis, aide-moi veux-tu, je veux me coucher.

(*Louis et Henri la soutiennent. Elle titube
un peu.*)
(*A la porte elle se retourne vers les autres.*)

Allez vous coucher, mes enfants. Demain monsieur Cofinel nous emmène dans sa belle DS faire un bon déjeuner dans un restaurant trois étoiles.

(*Elle sort avec Henri et Louis.
Sylviane et Edmond se regardent consternés.*)

EDMOND, *balbutiant*

Je ne comprends pas. Ce n'est pas parce que Jean-Loup a réussi qu'il faut le lui reprocher.

SYLVIANE

Décidément, Edmond, vous n'êtes qu'un niais.

EDMOND, *égrillard*

Vous n'avez pas toujours dit ça.

SYLVIANE, *excédée*

Oh, Edmond, Emond, vraiment... est-ce bien le moment ?...

EDMOND

Non, bien sûr. Mais je ne comprends pas. Elle parlait de ce club, l'autre jour, où l'on admettait que " nobody is perfect ". Eh bien, Jean-Loup, je le conçois, n'est pas parfait. Il est un peu... euh... lourd. Mais enfin, il faut l'admettre aussi.

SYLVIANE

Vous savez, c'est drôle, j'ai regardé la main de Jean-Loup... cette fameuse cicatrice de brûlure... Eh bien, il ne l'a plus... il a dû faire tellement d'ultra-violets pour être bronzé ! Ça dessèche et il n'y a plus rien. Rien. C'est merveilleux, non ! Il n'y a que Louis qui l'ait. Le tendre Louis. Le seul, sans doute parmi nous. Si, avec Henri. Et puis vous aussi d'ailleurs, Edmond. La race tendre des hommes finalement, je suis toujours passée à côté. C'est pourquoi, sans doute, Maud se méfiait de moi.

EDMOND, *galant*

Oh, à côté, à côté, quelle modestie...

SYLVIANE

Je ne parle pas de ça. Je parle du lait de la tendresse humaine. On ne vous apprend pas Shakespeare, avant de vous sacrer professeur ?

EDMOND

Si, bien sûr. Il prit quelques libertés avec l'histoire, sans doute, mais...

SYLVIANE

Bonne nuit, Edmond, pauvre Edmond.

(Elle l'embrasse.)
(Il la regarde sortir, va vers le phono et met le disque sournoisement, honteusement.)

NOIR

SCÈNE II

*Le lendemain après-midi.
Maud et Jean-Loup entrent en scène.
Elle est pâle.*

JEAN-LOUP

Eh bien... ce petit vin de Touraine tape dur, hein ? Cela dit, cette terrine était exquise... un régal... Tu ne trouves pas ?

(*Silence.*)

Tu ne trouves pas ? Tu es sourde, Maud, ou quoi ?

MAUD, *sursaute*

Ne crie pas. Oui, la terrine était exquise. Et le vin... euh... tapait dur. C'est ça ?

JEAN-LOUP

Dis donc ? Qu'est-ce que j'ai fait hein ? A part cinq cents bornes pour répondre à ton télégramme et...

MAUD, *lasse*

Kilomètres. Kilomètres. Tu as fait cinq cents kilomètres, pas cinq cents bornes. Épargne-moi ce langage.

JEAN-LOUP

Tu es devenue bien snob, ma vieille.

MAUD

Je ne suis pas ta vieille.

JEAN-LOUP, *tendre*

Non. Tu as été " ma jeune ".

MAUD

Ah non, tais-toi.

JEAN-LOUP

Écoute, Maud, je sais que je te parais maladroit et très hommes d'affaires, etc. Je sais que ce n'est pas la mode et que tu me préférais en poète. Mais enfin, si tu y penses... qu'aurais-je donné comme poète ? Rien. J'aurais été un raté minable comme tes copains.

MAUD

Nos copains

JEAN-LOUP

Oui, nos copains. Ils sont frais, nos copains. Toi, moi, on s'est tirés d'affaire, Dieu merci...

MAUD

Comment, tirés d'affaire ?

JEAN-LOUP, *riant*

On en a fait, simplement. Je t'admire, tu sais. Le coup de l'industriel, celui du banquier... euh... Stockel... superbe, superbe... J'aime ça chez les femmes. Quand tu as décidé d'avoir un bonhomme, toi...

MAUD

Un homme.

JEAN-LOUP

Pardon, un homme. Eh bien, tu l'as, hein ?... Cette désinvolture... Ils croyaient tous que c'était cuit, non, qu'ils te tenaient ?...

MAUD

Oui.

JEAN-LOUP

Et après... zou, ma Maud fichait le camp avec les bijoux ; bien fait pour ces crétins. Tu en as rasé pas mal, comme ça. Tu as eu raison de filer, ils ne valaient rien.

MAUD

Pourquoi ? Ils m'aimaient après tout.

JEAN-LOUP

Et alors ? Tu les aimais, toi ?

MAUD

Non.

JEAN-LOUP

Tu vois.

(Elle met le disque.)

MAUD

Ça ne te rappelle rien ?

JEAN-LOUP

Non, pourquoi ? Tu es superbe, tu sais. Tu n'as pas perdu une plume et tu es parée pour le reste de tes jours. Tu veux que je te dise, Maud, si j'étais libre, si je n'avais pas ma femme et mes... euh... mes enfants, je t'épouserais.

MAUD

Merci.

JEAN-LOUP

Pour te dire la vérité, je m'embête plutôt avec ma femme. Snob, bon, ça ne me dérange pas. Mais pour s'amuser comme ça, décontracté... Je ne te plairais plus... ?

MAUD

Pourquoi ?

JEAN-LOUP

Une idée. J'ai un petit appartement à moi, avenue Montaigne. Et puis, il y a les voyages d'affaires. (*Il rit.*) Les Bahamas. On s'amusait bien tous les deux, tu te rappelles, ici même ?

MAUD

Oui, on s'amusait bien.

JEAN-LOUP

Tu te rappelles le soir, la lune sous les tilleuls ?

MAUD

Oui. Les tilleuls.

JEAN-LOUP

Vois-tu, ce serait bien. Tu as réussi ta vie, moi aussi. Pas de regrets, pas de remords. Nous sommes de la même race. Fair-play et efficace quand même. Qu'en dis-tu ?

MAUD

Mais de quoi ?

JEAN-LOUP

Mais de nous ?

MAUD

Nous sommes de la même race. C'est ça ?

(*Entrent Louis et Henri.*)

Merci pour ce délicieux déjeuner, Jean-Loup. Si ça ne t'ennuie pas, je vais me reposer un peu. Ne me réveillez surtout pas.

JEAN-LOUP

Bien sûr. Ce petit vin de Touraine tape dur, hein ?

(*Elle sort sans répondre.*)

Cette terrine n'était pas mal. Et ce canard, vous ne trouvez pas ?

HENRI, *toussotant*

Oui, oui, exquis.

(*Un silence.*)

JEAN-LOUP, *doux*

Allons, voyons, qu'est-ce qui ne va pas ? A part Edmond et moi, personne n'a desserré les dents à ce déjeuner. Ça ne va pas ? Il y a quelque chose que je peux faire ?

LOUIS

Non. Plus rien. J'espère.

HENRI

Vois-tu, Jean-Loup, tu sais... On s'est un peu monté la tête, en ton absence... On s'est imaginé être à nouveau euh... jeunes et irresponsables... comme avant... Quand on a su que tu venais, on a pensé que tu serais, on a pensé que... euh... que tu serais comme avant...

JEAN-LOUP

Ah, ah... vous attendiez le poète, n'est-ce pas ? Mais vous savez que je le suis resté, au fond ? Je me souviens encore de ce poème, qu'on récitait tous par cœur... Attendez...
Un soir de demi-brume, à Londres,
Je vis venir à ma rencontre un voyou
Qui ressemblait à mon amour et...

LOUIS

Je t'en prie, Jean-Loup, laisse Apollinaire tranquille. Fume ton cigare et n'en parlons plus.

JEAN-LOUP

Tu parles bien fort, mon vieux ! De quel droit ? Vous êtes tous là, à pleurnicher sur votre jeunesse, comme des vieillards... Moi, je me sens jeune et actif... qu'est-ce que j'y peux ? Je travaille dur, oui, je connais moins bien les poètes, oui, mais je fais vivre trois cents personnes et ma femme et mes gosses...

LOUIS

" Mes *enfants* "... Oui, ne dis pas toujours " mes gosses, " ça m'exaspère.

JEAN-LOUP

Bon, d'accord, mes enfants. Je ne me prends pas pour un vieux jeune homme, je me prends pour un homme mûr. C'est un crime ? Est-ce que je vous reproche de vivre aux crochets de Maud et d'être ridicules ? Non. Alors ?

HENRI

Alors rien, Jean-Loup, tu as peut-être raison. Mais ce n'est pas toi qu'on attendait. C'est tout. Et surtout, ce n'est pas toi que Maud attendait.

JEAN-LOUP

Maud ? C'est le comble... J'étais fou amoureux d'elle, tu te rappelles. Et elle de moi, paraît-il. Eh bien, après ces fameuses vacances, je lui ai demandé de m'épouser, moi, pauvre poète. Et qui a eu peur et m'a demandé de faire fortune d'abord ? Maud. Et qui m'a quasiment envoyé au Brésil, en jurant de m'attendre ? Maud. Et qui a appris son premier mariage par hasard ? Moi. Alors je me suis mis à travailler par tristesse, comme toi Louis, qui en avais les moyens, tu t'es mis à boire. Et à présent je suis intoxiqué, comme toi. Toi, c'est le scotch, moi, c'est Cofinel. Voilà.

(*Un silence.*)

(*doucement*) Je sais... Oui, je sais vaguement ce que vous attendez de moi... J'ai des photos encore de ce temps-là... Mais vous avez raté votre vie, pas moi...

LOUIS

Raté... raté... Qu'est-ce que ça veut dire ? Es-tu heureux, seulement ?

JEAN-LOUP

Oui, je suis heureux.

LOUIS

Tu es heureux quand tu te réveilles à l'aube et que ton cœur te chuchote que tu vas mourir un jour ? Tu es heureux quand tu te pèses sur ta balance ? Tu es heureux quand ta femme t'ennuie ou que tes enfants te déçoivent ? Tu es heureux quand tu te vois dans une glace ?

JEAN-LOUP

Peut-être pas ? Et alors ? Personne n'est heureux ? Et toi ?

LOUIS

Moi, je ne prétends pas l'être.

JEAN-LOUP

Qu'est-ce que ça change ?

LOUIS

Tout.

JEAN-LOUP

Un prétexte pour boire ?

LOUIS, *las*

Si tu veux. Tout ça m'ennuie. C'est fichu maintenant. On va rentrer à Paris, j'imagine, Henri.

HENRI

Je n'en sais rien. J'ai le cafard.

(*Entre Edmond, sémillant.*)

EDMOND

Quel délicieux déjeuner, mon cher Jean-Loup... Vous savez traiter vos hôtes... Ce fut un festin de rois, palsambleu...

LOUIS

Ne t'inquiète pas, Edmond est en train de lire un roman historique.

EDMOND

C'est étrange, j'aurais dû être malade comme une bête et je me sens fort bien. La campagne sans doute... Où est Maud ?

LOUIS

Dans sa chambre. Vous avez de nouveau envie de la mordre ?

EDMOND

Voyons, Louis... Ce n'était qu'un jeu. Un peu leste, sans doute, mais un jeu. Nous sommes restés de grands enfants, mon cher Jean-Loup, comme vous avez pu vous en rendre compte... Il n'empêche, un peu de calvados ne me ferait pas de mal.

(Il se sert.)

(Sylviane entre, triomphante.)

SYLVIANE

Messieurs, bonsoir. Je dirais même " adieu ".

HENRI

Que se passe-t-il ?

SYLVIANE

J'avais juré de quitter Maud et cette maison de fous dès que j'aurais atteint une somme nécessaire à mes vieux jours. Je viens de lire la Bourse, ça y est. Je me trouve à la tête de cent millions anciens, je vous quitte, enchantée de le faire.

(*Un silence.*)

LOUIS

Mes compliments. Après vingt ans de bons et loyaux services, ce n'est pas volé.

SYLVIANE

Vingt-trois.

LOUIS

Quelle horreur ! Alors, vous quittez Maud comme ça ?

SYLVIANE

Parfaitement. J'ai été femme de chambre, confidente, dame de compagnie assez longtemps, il me semble.

HENRI

Mais vous êtes son amie, non ?

SYLVIANE

Amie de Maud... Qui avait les robes, les bijoux et les hommes ? Maud. Pourquoi serais-je son amie ? Vous êtes fous ? J'ai vécu de ses restes toute ma vie.

HENRI

Cent millions, ce sont de jolis restes.

SYLVIANE

En tout cas, suffisants. Maud va rester ici avec ses trois abrutis, son grand amour fichu — je parle de vous, Jean-Loup — et son cafard. Moi, je vais me promener, acheter une maison à Paris et vivre seule, seule... avec un vieux chat pour me tenir compagnie et en robe de chambre, le bonheur, quoi !

LOUIS

Nous viendrons vous rendre visite. Ce sera sûrement délicieux chez vous.

SYLVIANE

Je ne vous recevrai pas. Je vous laisse la douce charge de Maud. Vous serez ses hommes de compagnie. Je vous le souhaite.

HENRI

Personnellement, j'en serais ravi.

SYLVIANE

Le gentleman... le vieux beau gentleman, l'alcoolique philosophe, l'érudit brouillon, et brouillon à tous propos, je vous l'assure, l'homme d'affaires réussi... quelles caricatures vous êtes...

LOUIS

Méfiez-vous, Sylviane : il y a une caricature qui vous irait fort bien, à vous aussi.

(*Un temps.*)

SYLVIANE

Je vais faire mes bagages. Et prévenir Maud. Le plus beau moment de ma vie.

HENRI

Elle a dit qu'on ne la dérange pas.

SYLVIANE

Je sais. Mais pour une fois, je ne suis pas à ses ordres.

(*Elle sort.*)
(*Silence.*)

JEAN-LOUP

C'est une vraie garce.

HENRI

Elle a dû en voir de rudes avec Maud.

JEAN-LOUP, *rêveur*

D'ailleurs elle me courait toujours après, cet été-là.

HENRI

Moi aussi, et Louis aussi.

EDMOND, *naïf*

Même après moi, vous vous rendez compte, cet été-ci.

LOUIS, *riant*

Mon bon Edmond... ce mot rachète tout. Venez que je vous embrasse. Si, si, j'y tiens.

(*Il s'approche d'Edmond, terrorisé.*)

EDMOND

Non, je vous en prie, Louis... Je trouve ça parfaitement déplacé entre hommes... Je...

LOUIS

On sait ce que c'est que les professeurs et les collages. Allons, Edmond, frottez votre menton barbu contre ma joue barbue, en signe d'affection virile...

> (*Edmond court dans la pièce pour lui échapper. Henri prend un fou rire. Jean-Loup aussi.*)

Allez, allez, ne vous dérobez pas, Edmond, ou je serai obligé de vous voler un baiser dans un couloir, à l'improviste, comme dans vos romans de chevalerie. Allez, allez... dans mes bras. En plus, c'est la mode. Voyons, Edmond, pour une fois...

> (*Rentre Sylviane, livide.*)
> (*Ils se figent et la regardent.*)

SYLVIANE

Maud... Maud est dans sa baignoire. Il y a beaucoup de sang.

> (*Ils restent figés une seconde.*)

NOIR

SCÈNE III

*En scène Louis et Henri,
pas rasés (si possible en chemises,
l'air exténués).
C'est l'aube.*

HENRI

Quelle nuit !... Jamais je n'oublierai cette nuit !... Je n'ai même pas le courage d'aller me coucher.

LOUIS

Tu devrais y aller, tu es blême.

HENRI

Toi aussi, tu sais. Mais j'ai peur de te quitter. C'est bizarre.

LOUIS

Non. Moi aussi, j'ai peur d'être seul. Je n'ai même plus la force de boire, c'est grave.

(*Un temps.*)

Si tu y penses, c'est comique... cette histoire de transfusion... que le seul donneur de sang universel ait été Sylviane... la nature a de ces bizarreries... et la vie, surtout. Sylviane a remboursé Maud, d'un coup. Ou plutôt elle a dû repayer le prix d'une vie, à nouveau... A l'instant où elle allait filer.

HENRI

Je ne sais pas si elle va partir, à présent. Maintenant que c'est Maud qui lui doit quelque chose...

LOUIS

Si, si, elle partira, toutes dettes payées et triomphante. Que fait Edmond ? Il a fini par s'endormir ?

HENRI

J'imagine. On a eu de la chance que le docteur vienne si vite. C'était juste.

LOUIS

Très juste.

HENRI

Pourquoi as-tu été si brutal avec Jean-Loup ? Tu l'as vraiment jeté dehors.

LOUIS

Oui, il n'y pouvait rien, le pauvre. On ne doit pas décevoir les gens, en tout cas pas avec cette bonne conscience. C'est écœurant. Qu'est-ce que tu vas faire ?

HENRI

Je vais aller chercher ma femme à Saint-Tropez et mendier son retour. Je ne peux pas vivre sans femmes. Et il semble que l'opération " jeunesse " ait échoué, non ?

LOUIS

Dès le départ, mon vieux. On est jeune entre vingt et trente ans, il n'y a pas de quoi en faire des histoires, d'ailleurs. Je ne sais pas ce qui nous a pris.

HENRI

Moi non plus. La mode peut-être.

LOUIS

Et Maud elle-même. Pardon du jeu de mots, il est tard, ou tôt. Qu'est-ce qu'elle va faire, elle ?

HENRI

Je ne pense qu'à ça. C'est curieux, ça m'intéresse plus que moi-même.

LOUIS

Ne te frappe pas. Les suicides rendent toujours bons et généreux. Tu auras retrouvé ton petit égoïsme naturel dans deux jours.
Tiens, qu'est-ce que c'est que ça ?

(*Il y a une femme inconnue dans la porte. Sévère.*)

LA FEMME

Où est-il ? Ne me mentez pas. Où est-il, qu'en avez-vous fait ?

HENRI, *debout*

Mais de qui, madame ?

LA FEMME

De mon époux, monsieur.

HENRI, *égaré*

Si vous parlez de Jean-Loup il est reparti il y a...

LOUIS

Voyons, Henri, Jean-Loup t'a parlé de la passion de sa femme pour les grands couturiers.

HENRI

C'est vrai. (*Réalisant.*) Oh pardon, madame.

LA FEMME

Il ne s'agit pas de ce Jean-Loup, il s'agit d'Edmond Signac, professeur d'histoire, mon époux.

HENRI

Ah ! vous êtes Aline... mais oui, bien sûr. Asseyez-vous, je vous prie...

ALINE

Je ne m'assiérai pas. Et je vous défends de m'appeler par mon prénom.

HENRI

Mais je... Puis-je me présenter ?...

ALINE

Non, cela ne m'intéresse pas. Edmond m'a téléphoné hier soir, affolé. Il se passe des choses drôles dans cette maison, semble-t-il.

LOUIS

Pas drôles du tout, madame. La chambre d'Edmond est la deuxième à droite dans le couloir. Mais à mon avis, il doit être caché dans le fond du jardin, s'il sait que vous venez.

ALINE

Votre insolence me laisse froide, monsieur.

LOUIS

Je l'espère bien. Le contraire m'eût épouvanté.

HENRI

Louis !...

(*Aline les toise et sort.
Ils se regardent et éclatent de rire.*)

Ah ! que c'est agréable de rire. Je me sens mieux. Pauvre Edmond, tu te rends compte... il a dû avoir peur... Et maintenant...

*(On entend Aline glapir " Edmond, Edmond Edmond ", dans le couloir.
Les deux hommes se mettent à rire nerveusement.
Aline reparaît.)*

ALINE

Où est-il ? J'ai vu sa chambre, ses vêtements, et il n'est pas là. Où est-il ? J'exige une réponse ou je fais venir la police.

*(Ils rient sans pouvoir répondre. Henri indique le jardin d'un geste vague en s'essuyant les yeux. Elle repart en criant " Edmond "...
Entre Sylviane, l'air las.)*

SYLVIANE

Qui donc appelle Edmond comme ça ? Ça va réveiller Maud.

HENRI

Hi hi, hi... c'est sa femme, la douce Aline... elle est venue le chercher.

(On entend les cris d'Aline : " Edmond, Edmond ", dans le lointain.)

LOUIS

Ces cris sont déchirants... Comment va Maud ?

SYLVIANE

Bien, elle dort. L'infirmière est très bien.

LOUIS

Vous partez toujours tout à l'heure ?

SYLVIANE

Bien sûr. Je n'ai peut-être plus beaucoup de sang, mais j'ai toujours cent millions.

HENRI

Ne vous faites pas plus cynique que vous ne l'êtes vraiment. Vous avez eu peur, autant que nous.

SYLVIANE

Je suis un être humain, effectivement.

LOUIS

Vous devriez être couchée.

SYLVIANE

Je ne pouvais pas dormir.

HENRI

Si vous n'aviez pas décidé de réveiller Maud, hein...

SYLVIANE

Je sais, oui. Pour une fois que je lui désobéis, je lui sauve la vie. Amusant, n'est-ce pas ?

(*Entre Edmond, courant.*)

EDMOND

Sauvez-moi, sauvez-moi... Je crois qu'elle m'a vu...

(*Il se précipite derrière un canapé.*)

HENRI

Voyons, Edmond, ne faites pas l'idiot. Vous l'avez appelée, non ?

VOIX D'EDMOND, *caché*

Oui, j'ai eu peur, à cause de Maud... de... de tout. Mais j'ai encore plus peur d'elle. Cachez-moi.

LOUIS

Elle parle d'appeler la police. Dites-lui " flûte " si vous voulez, mais parlez-lui, bon sang.

EDMOND

Je n'ose pas. Je ne veux pas repartir avec elle. Dites-lui que je suis parti ce matin...

(*On entend Aline crier " Edmond ".*)

Mon Dieu, la voilà.

(*Edmond va se cacher tandis qu'Aline, plus proche, crie " Edmond ".*)

LOUIS

Il faut des nerfs d'acier ici. Je vais prendre un verre finalement.

(*Rentre Aline, les naseaux fumants.*)

ALINE

Où est-il ? Je l'ai vu courir dans l'allée... Il est ici, je le sens.

LOUIS

C'est beau, l'instinct conjugal. J'en ai assez, moi, on passe une nuit d'enfer et brusquement c'est du Feydeau. A la vôtre ! (*Il boit.*)

ALINE

(*à Sylviane*) Madame...

SYLVIANE, *sèche*

Mademoiselle...

ALINE

Mademoiselle, vous avez l'air d'une personne convenable, la seule ici... Je vous en prie, j'ai deux grandes filles qui attendent leur papa à la maison...

LOUIS

Arrêtez, je sanglote.

SYLVIANE

Vous vous trompez, madame. Je ne suis absolument pas convenable. J'ai d'ailleurs violé votre époux sous un bosquet la semaine passée. Trouvez-le et laissez-moi en paix.

(Un silence.)
*(Aline les regarde et hurle brusquement
" Edmond ".
Edmond se lève de sa cachette, comme hypnotisé.)*

EDMOND

Bonjour, ma chérie.

ALINE

Tu es prêt à partir ?

EDMOND

Oui, ma chérie.

ALINE

Va prendre tes bagages. Non, je viens avec toi.

EDMOND

Bon... Je... au revoir Louis, au revoir Henri, au revoir Sylviane.

(*Ils lui serrent la main, gravement. A la porte, il se retourne, alors qu'Aline sort.*)

Dites à Maud que... que je la remercie... Je lui écrirai. Ce furent des vacances exquises et jamais je n'oublierai... euh...

ALINE, *revenant*

Dépêche-toi, veux-tu.

(*Ils sortent.*)

LOUIS

Exit Edmond. Pauvre vieux. A qui le tour ?

SYLVIANE

Je partirai vers midi, un taxi vient me chercher. Je pars pour Nice.

HENRI

Pour Nice ? Il y a un train à cette heure-là ? Si Maud n'a pas besoin de moi, je profiterai peut-être de votre taxi, chère Sylviane.

SYLVIANE

Si vous voulez. A tout à l'heure.

(Elle sort.)

LOUIS

Exit Sylviane.

HENRI

Tu crois que je devrais rester un peu ? Pour te dire vrai, j'ai envoyé un câble à un ami de Saint-Tropez. J'ai de quoi prendre mon billet de train et lui téléphoner, il viendra me chercher à la gare et...

LOUIS

Je crois que ça n'a aucune importance.

HENRI

Et toi, tu pars quand?

LOUIS

Je ne sais pas encore. Bientôt, sans doute.

HENRI

Bon, tu sais, Louis, tu m'as toujours pris pour un coureur un peu naïf, uniquement un homme à femmes. Mais quand même je sais voir et reconnaître un homme. Tu vois, mon cher Louis, tu es un homme bien.

LOUIS, *attendri*

Qu'est-ce qui te prend?

HENRI, *gêné*

Rien. Je voulais te le dire. Si je peux...   (*Il s'arrête.*)

LOUIS

Quoi?

HENRI

Ne bois pas trop, Louis. C'est idiot à dire, mais ce serait dommage.

LOUIS

Merci du conseil. J'ignore si je le suivrai, mais merci. Bonne chance, Henri.

HENRI

Merci.

(Il sort.)
(Resté seul en scène, Louis prend un journal. Il commence à le lire. Maud entre, en robe de chambre, les poignets bandés.)

MAUD

Louis... Comment, tu n'es pas sur le point de partir, toi aussi ? Je crois que je vais avoir droit à des adieux bien émouvants. *(Elle rit.)*

LOUIS

Tu te sens mieux ?

MAUD

Oui. Faible mais bien.

LOUIS

Moi aussi, je me sens faible. (*Il lui sourit.*)

MAUD

Et quand pars-tu, toi ?

LOUIS

Mais quand tu veux. Bientôt j'imagine. Que comptes-tu faire, toi ?

MAUD

Je vais rentrer à Paris. J'ai un appartement, tu sais, avenue d'Iéna. Je vais m'occuper un peu de mon fils, le pauvre chat. C'est vrai que ce n'est pas si facile que ça d'être jeune si j'en juge par moi-même... (*Elle rit.*) Dis-moi, Louis, tu m'en veux ?

LOUIS, *calme*

De quoi ?

(*Elle montre ses poignets, sans rien dire.*)

Non. Pas du tout.

MAUD

Parce que les autres m'en veulent. C'est pour ça qu'ils vont partir comme des rats affolés. Ils me croyaient forte, je les ai déçus.

LOUIS

Mais tu es forte. Il faut rudement aimer la vie pour essayer de la quitter, tu sais. Moi qui m'en fiche un peu de la vie, je serais incapable de m'écorcher de la sorte.

MAUD

L'ennuyeux, c'est que je cicatrise moins vite. Ça va être affreux. (*Elle regarde ses poignets.*) Dieu merci, j'ai assez de bracelets pour couvrir quinze suicides.

LOUIS

Oui, Dieu merci.

(*Un temps.*)

MAUD

Pauvre Henri... il était tout pâle.

LOUIS

Oh, c'était très bien, tout ça, pour lui. Il a prouvé à sa dinde qu'il pouvait se passer d'elle un mois, c'est superbe.

Elle l'attend sûrement en pleurant de joie. Quant à Sylviane...

MAUD

Pauvre Sylviane... Je savais tout d'elle, tu sais. Elle essayait de prendre mes amants, tout le temps, elle se fatiguait. De toute façon, je n'ai aucun remords; elle était incapable de donner quoi que ce soit à qui que ce soit.

LOUIS, *il rit*

C'est un point de vue. Et le pauvre Edmond ?

MAUD

Il aura eu quelque temps de vacances, ce n'est pas si mal.

LOUIS

Bref, tout va bien ?

MAUD

Eh oui. Les folies sont finies.

LOUIS

Arrosons ça...

(*Il offre un verre à Maud, se sert.*)

MAUD

Tu sais, hier, après cet horrible déjeuner gastronomique, je me suis trouvée seule avec Jean-Loup, ici, une seconde... Je lui ai mis le disque...

LOUIS

Et alors ?

MAUD

Il ne s'en souvenait pas.

LOUIS

Dommage, il est ravissant ce disque. Tu veux que je le mette ?

(*Il met le phono en marche. La musique commence. Un temps.*)

MAUD

Louis...

LOUIS

Oui.

MAUD

Louis, tu veux rester avec moi ?

LOUIS

Oui, Maud.

MAUD

Pourquoi ?

LOUIS

Pour boire gratuitement.

MAUD

Louis, je te parle.

LOUIS, *nerveux*

Que veux-tu que je te dise ? Que j'ai eu si peur que j'ai compris ? Qu'on a gâché notre vie bêtement ? Qu'il nous reste peut-être quelques années heureuses ensemble ? Tu sais tout ça, n'est-ce pas ?

MAUD

Oui.

LOUIS

Et que nous serons toujours trois ? Toi, moi et cette bouteille ?

MAUD

Je sais tout ça.

LOUIS

Alors pourquoi veux-tu de moi ? Tu as peur d'être seule ?

MAUD

Non. J'ai pensé tout le temps, pendant ces damnées vacances, que je t'aimais beaucoup. C'est tout. Je t'ai trouvé très... euh... très convenable.

LOUIS

Voici une des déclarations d'amour les plus enflammées que j'aie reçues de ma vie.

MAUD

Je vais peut-être aller me recoucher. Tu aimes comme quartier, avenue d'Iéna ?

LOUIS

Ça m'est complètement égal.

MAUD

Bon. Je crois que je vais vendre cette maison.

LOUIS

Je crois que tu as raison. Tu vas vendre la maison et casser le disque.

MAUD

Oui. A tout à l'heure.

(*A la porte, elle se retourne.*)

Finalement, c'était une bonne idée, ces vacances, non ?

(*Louis lève son verre vers elle. Elle sourit et sort.*)

FIN

*Achevé d'imprimer en novembre 1996
sur les presses de l'Imprimerie Bussière
à Saint-Amand (Cher)*

POCKET - 12, avenue d'Italie - 75627 Paris Cedex 13
Tél. : 01-44-16-05-00

— N° d'imp. 2311. —
Dépôt légal : février 1994.
Imprimé en France